新・富良野風話

倉本聰

財界研究所

もくじ

3本の柱

20年近く前のことになる。環境教育の実情を学ぶため、2週間程ドイツに滞在した。当時ドイツでは、『みみずのカーロ』という小学校の教師の書いた1冊の本が話題を呼んでおり、その先生に逢いに行ったのである。

先生は、小学生に判り易く環境問題を解くために、教室に土を入れたガラスの容器を置き、その中にカーロと名づけた1足のミミズを住まわせる。生徒たちは、昼めしで出たゴミや残飯をその容器にどんどん捨てて行くのだが、ずっと観察していくとカーロが食べて土に還していくものと、カーロが決して食べようとせず自然に戻らないものがあることに気づく。子供たちの気づいていくことを記録したのが、この『みみずのカーロ』という素朴な本だが、こうした地道なつみ重ねから始めることが環境教育では大事なのですと、著者である先生から静かに言われた。その小学校では校舎に近い部分の校庭のアスファルトを剥がし、そこに植えた葛植物を壁に這わせて涼しさを取り戻す工事を進行中だったが、それらの工事は全てＰＴＡが物労両面で自発的に行ってくれていると聞いた。

滞在中に、日本で言うと文部次官のような方からドイツの環境教育について話をうかがった。ドイツ人の環境意識の変換には30年要しました、と氏は言われた。環境というものはあらゆる分野にまたがり、環境という一つの教科の中で教えようとしても無理である。だから人々の意識を変えるには、あらゆる学科の中にさり気なく忍びこませないと駄目なのだという。

たとえば小学生の初歩の算数で「5引く3イコール2」ということを教えるのに、玄関の前に生ゴミの袋を五つ出しました。市の収集車が来て三つだけ持って行ってくれました。袋はいくつ残っているでしょう、とドイツでは教えているのです、と言われた。あんまりピンと来なかった。

日本に帰ってある日突然、あることに気づいてハッとした。日本ではどういう教え方をしているか。銀行に5万円貯金があります。3万円引き出して使いました。貯金はいくら残っているでしょう。5引く3イコール2。

戦時中、僕はこう教わった。ヤブの中に敵兵が5人います。3人撃ち殺しました。敵兵はあと何人残っているでしょう。5引く3イコール2。

この滞在のとき、向こうの人に、こういうことを言われて衝撃を受けた。西欧では真の文明社会とは、「経済」「環境」「文化」という3本の柱が三脚のように互いを支え合い、バランス良く立っている社会のことを言うのです、と。

この時の衝撃が忘れられない。日本で果たしてこの三脚はバランス良く互いを支え合っているのか。「経済」の柱のみが突出し、他の二つがひしゃげてしまっているのではないか。「環境」「文化」に携わるものの気力と努力の欠乏に大きな原因があるのは勿論だが、余りに力ある経済人にも少しその意識を持って欲しく思う。

（2015年9月8日号）

財界の沈黙

かつて財界は政界の御意見番的存在であった。松下幸之助氏、中山素平氏他、数をあげればもっともっとおられる。

財界人が国家というもの、国民というものの倖せというものを、第一義に考えておられた頃には、それが当然の財界のつとめであり、だから政治をバックアップした。バックアップしたから意見が言えた。そういうものだったと僕は思っている。

それが昨今変わってきた。御当人たちに意識はないかもしれぬが、財界と政界は一体化してしまった。

与党の意見と財界の意見は、まごうことなく一致してみえる。

原発問題が電気代の問題として、財界が再稼働を推すのはまだ判る。しかしこの度の安保法制の問題。この問題に関し、財界が賛成なのか反対なのか、一向意見のきこえてこないのは何故なのか。憲法学者や最高裁判事の明確な意見の開陳があったのに、それに対する財界の意思表示を、どなたもされないのは何故なのか。財界人それぞれにも、それぞれ異なった意見があるならば、それぞれ個々の意見というものをどうして堂々と述べられないのか。

どなたも発言をされようとしないから、ああこの案に財界は賛成なのだと愚民は力なくそう思ってしまい、俺も企業の一員なのだから賛成しなくてはならないのだなと、憺《まん》然《ぜん》とそのように考えてしまう。故に財界が世論に影響する。民主主義国家として、これは危険である。

戦後の歴史を少しふり返るなら、終戦間もない頃の朝鮮戦争が、疲弊し果てていた敗戦国・日本にいわゆる朝鮮特需をもたらし、それを一つのきっかけにして日本は奇蹟的復興を遂げた。それ以前の富国強兵策も、戦争という一大イベントを元に、日本の財界は力をつけた。だからＧＨＱ（連合国軍最高司令官総司令部）はあの敗戦時、財閥解体を真っ先に実行した。

わが国だけではない。アメリカをはじめ世界各国が、戦争を大きなビジネスチャンスと見ている、かのように僕には思える。しかし、財界・企業というものも、つきつめれば個人・家族の集合体であり、経営者の家族も例外ではない。

戦争が起これば貧者も富者も一家眷族《いっかけんぞく》、血みどろの世界に巻きこまれるのであり、自分たちだけは例外であろうなどという甘い予測は通用しない。そこの視点での思考が欠けて目先の利害へのみ、目が向いていると、間もなくとんでもないしっぺ返しを受ける。

僕が座右の銘にしているアリストテレスの言葉がある。「美に利害関係があってはならない」という美学の基本姿勢である。美学とは哲学の一分野であり、僕はこの「美」という1文字を行動全てに演繹《えんえき》している。

財界には巨大な力がある。力があればこそ発言力もある。発言力のあるものは確固たる哲学を持って欲しい。

Noblesse oblige.

財界の沈黙は、この際卑怯である。

(2015年10月20日号)

杭《くい》

この地に移って40年。こんな冬は初めての経験である。雪がパラパラとしか降ってくれない。根雪かと思うとすぐ溶ける。いつもならホワイトクリスマスだったのに、2015年はブラッククリスマスだった。ずっと続けてきたサンタクロースも、その気にならず2015年は休んだ。

一方12月に入ったというのに、南の方ではまだ台風が次々と現れ、暴れ廻っているという。通常900ヘクトパスカル台の低気圧が、900を下廻り、時には800台にまで下ったりして、風速70メートルの風が吹き荒れている。異常、というより超異常である。地球はガンに冒されたのか、あるいは新種のウイルスに侵蝕されつつあるのか、人体でいえば、既にICU（集中治療室）に運びこまれる緊急事態に達しているというのに、その割には世間はのどかである。

景気回復だの軽減税率だの次の選挙の対策だの、およそ緊張が感じられない。どんどん増えつづける高層ビルの、そもそも基《もとい》である基礎工事の杭が、地下の岩盤に達していないというのに、上層階のスイートルームの豪華な飾り立てに意を集中し、更にけんらんと更に天に近くバベルの塔を築こうとしている。多分人類は最も根源的なこと、たとえば我々が1分間に十数回呼吸し、酸素をとり入れているということ、それをしなければ歩くことも思考することも眠《ねむ》ることさえできないということを、みんな忘れてしまっているのだろう。

900ヘクトパスカルを下廻る台風が地球を襲い始めたときいても僕は別段おどろかない。

6億年前、地球に荒れ狂ったハイパーハリケーンは、中心気圧が実に300ヘクトパスカルを下廻り、風速300㍍の猛風が地中海中を攪拌《かくはん》した。ジェット機の上から首を出し、そこで暮らすようなものである。そんな時代もあったのだから、今の異常も驚くに当たらないかもしれない。只、しかし。

6億年前のその大異常は、人類誕生のはるか前であり、この異変を機に地上の酸素濃度は現在の21％に上がり、現生物誕生の大きなひきがねになっている。そういう史実が証明されている。それが今度は当時と真逆、人類壊滅へのひきがねになろうとしている。しかもその原因が人類そのものの文明活動に端を発している。

科学がそこまで解明したものを、人類はなぜ未来に対する積極的放林として利用しようとしないのだろうか。科学の発見をただ偉い偉いと賞讃しながら、どうして現実に向けようとしないのか。そこのところが僕には判らない。

新幹線のスピードが上がること、街がイルミネーションで華やかになること、インターネットで物がすぐ判ること。そうした進歩に狂乱することより、街そのものの杭の欠落、我々の暮らしの基礎の危うさに、国の政治もマスコミも人心も、もっと真剣に立ち向かうべきである。

さもないと、住居そのものが崩落してしまう。

（２０１６年1月26日号）

とっぴんぱらり

秋田をあちこち旅していて不思議な言葉にぶつかった。

とっぴんぱらりのぷう

という言葉である。北秋田のホテルの1室に置かれていた昔話の本をめくっていたら、1話々々の語りの最後に、必ずこの言葉、とっぴんぱらりのぷう、という〆めがつく。

何ともいえないその語呂の良さと、不思議に素朴なリズム感に惹かれて地元のタクシーの運転手さんに聞いたら、秋田では昔話のことを「むかしっこ」と呼ぶそうで、とっぴんぱらりのぷうはむかしっこに必ずつく結びの言葉。「お話をきいてくれてありがとう」とか、「これでおしまい」、あるいは語り手の祖母に孫がもっと！　と話をせがむのをやわらかく拒否する、本来意味のない言葉であるらしい。

一般的によく使われる「めでたし、めでたし」の類いでもあろうか。

だがこの言葉が何ともおかしく、どうも気になって仕方がなかったので、他の地方にも似たような結句があるのではあるまいかと調べたら、あったあった。

青森南部では「どっとはらい、どっとはらえ、どとぱれあい、それきってどっとはれぁ」。

津軽地方では「市ゴ栄えた」。

それが下北では「とっちぱれ」。

秋田は「とうぴんぱらり、とっぴんぱらりのぷう」。

岩手。二戸や遠野では「一期栄えた、孫子繁えた」、あるいは「いんちくもんちく栄えた」。

久慈・花巻の方へ移ると「どんとはれあだず、どんとはらい法螺《ほら》の貝コぼうぽと吹いた」。

山形に行くと「とーぴんぱらり」。

更に西へと進んで行くと
新潟では「いっちごさっけえどっぺん甘酒沸いたら飲んどくれ辛酒沸いたら飲んどくれ　つけながしょんだら噛んどくれ」と、やや意味がつき、しかし岐阜では「しゃみしゃっきり」。

福井に行くと「候《そうらい》べったりかっちんこ、そうらいてんぽろりん」と再び意味が判らなくなり、

岡山では「昔こっぽり大山やまの鳶《とび》の糞ヒンロロヒンロロ」。

広島では「申し昔けっちりこ」。

高知に行くと「むかし真っ斯《こ》ぅ焚き抹香《まっこう》猿のつべぎんがり」。

と、さっぱり意味不明の、要するに人を煙にまく呪文のようになる。

昔、子育て手当などなく、孫の面倒を見るのは祖父母の役割であった時代、炉端で孫たちに昔話をきかせて、もっともっととせがまれた爺婆《じじばば》が、自分も段々睡魔におそわれ面倒くさくなって話を切る時に、孫たちを煙にまき眠らせるために、こういう結句を用いたのだろうか。

国会中継の問答を聞いていると、最近僕はこの呪文を唱え、テレビのスイッチを切ることにしている。

とっぴんぱらりのぷぅ。

（2016年5月10日号）

災害列島

災害列島といわれる程に、今年は猛烈な台風が次々に日本列島を襲った。日本だけではない。台湾を襲った台風は、中心気圧が９００ヘクトパスカルを下廻り、かつてない程の猛烈な嵐が文明社会をズタズタに切り裂いた。その原因は太平洋に居座った海水温の異常な上昇にあるという。人みなその猛威に呆然としている。

だが僕はそのことにさほど驚かない。

歴史を辿れば――。歴史というのは人類の歴史ではない。地球というこの星の歴史である。６億年前、この星は凄まじい気象に襲われている。

６億年前、この地球は、２億年にわたる全球凍結の時代を経て、突如凄まじい温室効果現象に見舞われ、激しい台風の吹き荒れた長い狂奔《きょうほん》の時代を経験している。

この時代を見たものは誰もいないから、科学者の推論にまつしかないが、その頃の気圧は３００ヘクトパスカル。秒速３００㍍を越える猛風が地上を席捲したといわれる。いわゆるハイパーハリケーンの時代である。一寸想像できないが、秒速３００㍍の風（空気の流れ）というものは一体どういう感覚のものなのか。

　しかしこのハイパーハリケーンが海をかきまぜ、海底の栄養分を太陽の陽の当たる海面近くへ浮上させることで、海中に大規模な光合成をもたらし、植物・動物の先祖である原始生物を誕生させている。同時に、大気中の酸素濃度が初めて現在の21％に達し、その後の地球上の趨勢《すうせい》を変える。我々はいま台風というものを、負の面からしか捉えようとしないが、実はこうした地球の大異変が我々人類の発生源にあるのだ。

　同じような大異変は、地震・津波も同様である。

そも地球史には大陸大移動、陸地の分裂と結合という、今でいう大災害がくり返されて来たわけだが、これも現実的な目で見るなら、地殻変動、つまり大地の大変動があり、それは恐らく火山の大爆発、地震、津波、高潮、洪水といった、人の言うところの災害という形をとって、地球の形を変えて来たわけだ。

富良野に住んで40年。その間、様々な天変地異に遭った。

ある年は1時間60ミリの集中豪雨で、家の下を流れる沢が氾濫し、ゴロゴロベキベキという恐ろしい音と共に、10メートル下にある沢の流れが、谷の上部までせり上がり、上流からいくつもの大岩を流して来て、何本もの大木をへし折ってしまったし、またある年は台風の通過で数十本の大木がなぎ倒され、根むくれという根っこごと起こしてしまう猛威にさらされた。

今年は塾地への道が流され、塾は全面水につかって、2軒の建物が水に流され、裏山は10メートルの崖くずれを起こして十数本の倒木が谷を覆った。しかし、そうした災害に遭う度に、あゝいま自分は地球の変動という荘厳な瞬間に立ち会っているのだと、むしろ奇妙な感動にひたっている。

所詮、我々はこの星に生きる微小な存在に過ぎないのだ。


（2016年10月18日号）

落葉

落葉を掃くのは誰なのか。あなたが全部きれいにしてくれるのか。そういう論で町の通りに街路樹を植えることに反対する人がいる。僕の街でも何年か前、そういう議論で町が紛糾した。

地面がアスファルトで覆われて、土が見えない土地にあっては、そういう考えも出てくるかもしれない。

そもそも木の葉は人間にとって、なくてはならない存在である。光合成でCO_2を固定し、我々に日々酸素を供給してくれるのは木の葉だし、秋それが散り、大地に蓄積し、長い年月をかけて土となり、天から降ってきた雨水を蓄えてくれるのも、もともと木の葉の役割である。我々は1分間に十数回呼吸し、大気から酸素を吸収して生きている。

同時に我々の身体というものは70％程が水であり、常に水を補給しなければ生きていけない。その水を蓄積してくれるのも木の葉である。

人は1日300から400リットルの水を使っており、たとえばこれを東京都で言うなら、東京の人口1300万人として1日52億リットルの水を消費している。東京に降る雨はアスファルトの上を流れて、そのまま海へ出、ほとんどが人の使用に供さないから東京人は上流から来る3本の川の水に頼っている。70％が利根川、後の30％が多摩川と相模川である。

これらの川の水は上流の田舎の、水源林で秘かに蓄えられ、通年を通して大都会に水を供給する。それをやるのは田舎の木の葉である。木の葉というものは、かように人間に不可欠のものである。その木の葉が、たとえ街路樹の落葉であろうとも、こんなに疎《うと》まれ、邪魔者扱いされることは、悲しい。

不毛の地という言葉がある。

辞書で引けばそれは、植物の生えない地のことを言う。文明社会には、いま不毛の地が、気がつかぬうちにどんどん増えている。アスファルトで覆われた都市がそうだし、全土に拡がって行く道路がそうである。そこに散る落葉はたしかに都会人には、単なる邪魔者に映るかもしれない。しかし本来の木の葉の役目を考えるとき、それを只ゴミと考える考え方に、それでいいのかと思ってしまう。

近年この国では庭先で落ち葉を燃やす落葉焚きというものも禁じられてしまった。それが火事を出す原因になることと、ダイオキシンを発生させるということが、禁止された原因であるらしい。だが。アスファルトで覆われた都会ではともかく、大地の剥き出した田舎にあっても、落葉を焚くことは禁止されている。

秋を彩る落葉焚きの煙、田舎に漂ったあのなつかしい匂いも、今や地上から消えてしまった。焚火の中で焼き芋を焼くあの楽しみも香りも奪われた。秋の風物詩と情緒と季語が消えた。

落葉を集めて焚火する行事を、僕は人間に酸素と水を供給してくれた木の葉に対する弔《とむら》いだと思っている。だから秘かに僕は落葉を焚き、お上《かみ》の目を盗んでそれを森に還す。

（2017年1月10日号）

風

２０１７年１月。ＮＧＯ・オックスファムが発表した報告書によると、世界で最も裕福な８人の総資産額と、経済的に貧しい世界人口の50％に当たる約36億人の総資産額が、ほぼ同じらしい。

僕にとっては全くどうでも良い話なのだが、皆々様の好奇心に多少とも応えるために、その８人の個人名を挙げるなら

・マイクロソフト創業者のビル・ゲイツ氏
・米著名投資家のウォーレン・バフェット氏
・メキシコの大富豪、カルロス・スリム氏
・米アマゾンＣＥＯ、ジェフ・ベゾス氏

・米フェイスブックCEO、マーク・ザッカーバーグ氏
・ファッションブランド「ZARA」の創業者、アマンシオ・オルテガ氏
・米オラクル会長、ラリー・エリソン氏
・前ニューヨーク市長、マイケル・ブルームバーグ氏

ということになるのだそうで、ビル・ゲイツ氏の総資産は810億ドル(約8兆3000億円)。それに対して、かのドナルド・トランプ氏の総資産は37億ドル(約3800億円)なんだそうである。

これが日本の資産家となると、「ユニクロ」社長の柳井正さんが1兆8419億円。ソフトバンクグループの孫正義さんが1兆6837億円、サントリーホールディングス会長の佐治信忠さんが1兆3221億円。楽天会長兼社長の三木谷浩史さんが6441億円なんだそうで、こういうことで原稿用紙の桝目を埋めている自分の行為が、既にそれ自体恥ずかしく、死んだ親爺に殴られそうな気がする。

誰が金持ちだろうと貧乏だろうと、そんなこと自分の日々の暮らしに関係なく、関係あるとすれば、今日も喰えたか明日も喰えるか、今日幸せだったか明日も幸せか、今日

笑えたか明日笑えそうか、今日すっきりと排便できたか明日もすっきりと排便できそうか、そんな程度の日々の悦楽に一喜一憂して日々を過ごしている。それが庶民の、一般大衆の人生、一生の大事であると思うのだが。

人生齢《よわい》80を過ぎれば、飢えも味わったし、一寸小銭を貯めて居酒屋の美酒に有頂天になったこともあった。ま、人生色々あるのが通例で、今日天下を取ったトランプ様がいつの日か、あの今や無惨なトランプサンと言われる日だって来るにちがいない。世の中、太平の日々もあれば異常気象に打ちのめされる日だって来るだろう。

問題はそういう天変地異に、どう向き合うか、どう対するかという人それぞれの品格にあると思う。

国というもの、世界というものが、ケチな人間の集合体である以上、1個の邪念、1個の異常心で大きくゆすぶられる日があったとしても、それが続くとは僕には思えない。結局それはケチな人々のケチな品格で正しい方角へ動いて行くものだと、僕はいじましく思っているのだが。ちがうか。今日は今日、明日は明日の風が吹く。

（2017年2月21日号）

夜《よ》の森《もり》

久しぶりに福島へ行ってきた。

今回の訪福の目的は第一原発の廃炉の状況を見ることと、未だに帰宅困難地区である富岡・夜《よ》の森《もり》地区の封鎖された町の中へ入ることだった。2人の旧友と久しぶりに飲んだ。1人は東電の復興本社の元社長、もう1人は事故以来、福島に腰を据えている元オフサイトセンターの責任者。経済産業省から派遣されたまま福島に腰を据えている見事な男である。2人も単身赴任。福島に骨を埋めようとしている。

第一原発、通称イチエフはがらりと雰囲気を変えていた。前に来た時は暗く重苦しい原発労働者の群と悲痛な空気が構内を覆っていたが、今回のそれは空気が変わり、当時鉄骨で建ちかけていた食堂棟など新しい建物がいくつも出来上がり、そこに働く人々も含めて〝廃炉事業〟という新しい企業がスタートした感じで、この先延々たる困難が待ち受けているであろうものの、６０００人の労働者を含めて、ある種の希望と明るさが見えた。

無論まだ1号機、２号機、３号機の周辺は線量計が高い数値を出し、片づけられない瓦礫の山が無惨な姿をさらしたままではあるものの、防護服を着用せずに働く作業員の姿も増え、以前に比べて思いなしか明るく感じられた。変なたとえかもしれないが、敗戦直後のあの手のつけられない東京の姿から、昭和30年代に入っての復興の兆しが少し見え始めた東京の変化。そんな感じを受けたのである。

一方、未だに帰宅困難区域である夜の森地区。こっちは全く様相がちがう。夜の森は桜の名所であり、１００年を過ぎたソメイヨシノの並木が町の中央を2㌔を越えて走っている。僕がこの町に入りたかったのは、人の入れぬこの町の桜たちをスケッチするのが実は目的で、３日間にわたり許可をもらってこの地区に入れてもらったのだが、ここでは作業員たちが黙々と除染と住居の解体に従事していた。

この町は界隈では比較的新しい新興高級住宅地であり、まだ建ったばかりの洒落た家々が雑草に覆われてしん・と・眠っている。カーテンの閉まった家、乳母車の放置された家、ガラスの割れた家、草茫々の家庭菜園。恐らくそれぞれが長期のローンを組み、希望に溢れて入居したのに、ローンも全く払い切れぬまま原発事故で放棄を余儀なくされ、帰宅も断念せざるを得ないまま離れた人々の、無念と悲しみの淋しい遺産である。

その町の中で僕が想うのは、その原発で作られた電力の恩恵でわが世の春を謳歌してきた、そして現在も謳歌している中央の都会の住人たちが、この町のことを果たしてどのぐらい気にすることがあるのだろうかということである。

忘れてはならない人々がすぐ忘れ、一刻も早く忘れたい人々はあの事故をいつまでも忘れられない。

人に見捨てられた桜の古木たちは、人のいなくなったこの町の姿をどんな気持ちでいま見ているのか。

（２０１７年10月3日号）

未来への悪夢

屋根の雪がドドッと凄い音で落ちる。

軒に下がっていた太い氷柱が、ガンと一時に落下する。

温度が急に上がったのである。上がったといっても、昨日マイナス12度だったものが本日マイナス2度になった。都会の人は寒い！　と言うかもしれないが、10度の上昇は当地では暖かい。

比較というものは恐ろしい。数値の変化より比較値の方が我々には深刻に心に落ちてくる。

産経新聞論説委員の河合雅司氏著『未来の年表』という本をのぞいてゾッとした。

2015年1億2700万人だった日本の人口は、40年後には9000万人になり、

200年後には1400万人。江戸時代の1300万人に近づくという。2900年には6000人、3000年には僅かに2000人。こんな急激な人口減少は世界史において前例がなく、日本は絶滅危惧国であるという。一体、具体的にどんなことが起こるか。

2018年には18歳人口が減少し、国立大学が倒産する懸念が出始める。2020年、女性の過半数が50歳以上になり、出産可能な女の数が激減する。2026年には認知症が730万人、5人に1人が認知症になる。2033年空き家が増え、3戸に1戸は人が住まなくなる。2039年には死亡者数が168万人に達し、火葬場不足が深刻化。2045年には東京都民の3分の1が高齢者となり、一方、世界の人口は97億人となり、食料争奪のための戦争が起こる。信じるべきか信じざるべきか。恐ろしい悪魔の未来図である。

もう少し内容を追ってみるなら、戦後日本の核家族化と少子高齢化の結果、老々介護という現実が生まれたが、2026年、認知症700万人、軽度認知症400万人となると、世間は次第に〝認々介護〟の時代に移る。後継ぎのない家は無住となり、将来住宅の3戸に1戸が空き家となって、地域（特に都市部）は次第にスラム化していく。

高齢化社会の次に来るのが〝多死社会〟。葬儀場や火葬場が不足して、人が死んだら親族が引き取るという社会常識が崩壊し、無縁遺骨が全国に増える。お墓を引き継ぐ子孫もいなくなり、墓参する人もどんどん減ってくる。近い将来、消滅の可能性のある自治体は900に上る。

あまりの未来図に呆然とするが、まさか！　と思えない節も多々ある。

一体どこから、どの時点から、日本は健康さを失ったのだろう。然り。どこかでこの問題は、理を追うあまり体を忘れた——言いかえれば、利を追うあまり心を忘れた戦後日本の教育の問題、殊に幼児期の家庭教育に因があるような気がしてならない。

日本人はいつからこんなに家族を忘れ、周囲を忘れ、スマホしか見ない民族になったのか。僕らはここらで一度立ち止まり、政治家や教育者の言うことを疑って、自分自身のわが子のしつけを、それぞれの考えで探るべきではないか。今の僕にはそれ以上の方法が見つからない。

（2018年1月16日号）

秀平

挾土秀平《はさどしゅうへい》という見事な男がいる。

左官職人である。

２０１５年のＮＨＫ大河ドラマ『真田丸』のタイトルを、赤土の壁に鏝《こて》で刻んだ。造園家である涌井史郎さんに紹介され、飛騨の高山の住居にお邪魔して一晩飲んで意気投合した。何を以って見事と評価するか。左官という父親から継いだ職業を、本来の意味で一徹に貫き、職人の道を曲げないからである。

日本から職人が消えかけて久しい。

戦後、効率化、機械化の波に押されてこの国から一体何種の職人が見捨てられ、そして消えて行ったたか。そも19世紀後半から近代になって、量産可能な機械制工場工業が発達してくるにつれ、多くの手工業生産部門は解体し、職人なるものの生産分野がどんどん狭くなってきた。それと同時に職人が次第に賃金労働者化してきて、職人による手工生産は、機械化できない、ごく限られた部門のこととなってしまった。

早い話が、建築現場を見てみるといい。工場で用意され、切り揃えられた木材が、電動ドリルで穴を開けられ、金具でガガガと接続される。そこには金具を一切使わず、木組みだけでがちっと寸分違わず接続された、たとえば追っかけ大栓《だいせん》などという古来の匠の組合せ技は探そうと思っても、もはや見つからない。しかし本来木造建築は、有機物である木材だけを組み合すのが筋で、そこに釘とか鉄筋という無機物を内部に用いてしまうと、そこから腐食が始まってしまうのだ。

建築だけではない。たとえば伝統工芸の輪島塗りの世界をとってみても、木材から食器の原型を彫り出す木地屋、そこに塗る漆《うるし》を原木に傷をつけ取ってくる掻《か》き屋、漆を塗るための筆を作る筆職人。その中には、筆の穂先になるニホンダヌキの子供の毛を集める専門の人間。更に戻れば、それらの職人たちがそれぞれの分野の用途に即して特注する刃物を作る人。並べ立てたらキリがない。そのキリのない無数の職人が、効率化という旗印の元に、伝統文化と共に切り捨てられて行く。戦後一体この国はどれほどの貴重な職人文化を、彼らの仕事を葬ったのだろうか。物づくり日本などと、どの面下げて言えるのか。

挾土秀平はこの風潮に断固逆らい、孤立無援で土を噛りながら、左官という己の本来の仕事に徹底的に挑みつづけてきた。周囲から嫌われ、嘲《あざ》けられ、排斥されながらの挑戦である。二十余年の孤高の闘いの中で、彼の姿勢に賛同する二十数名の職人が集結し、彼はいま、飛騨高山に〝秀平組〟なる職人の座を興し、漸く世界から注目されつつある。

この国が物創りに着目するなら、こういう人間をこそ応援しなければいけない。応援する以前に尊重・尊敬しなければいけない。軽んじられ、見捨てられているこういう職人。そして市井《しせい》の片隅に惻々《そくそく》と生きる町工場の人々の創意の中にこそ、物創り日本の魂を見る。

（2018年3月13日号）

働き方改革

進行中の「働き方改革」について。僕は大きな違和感と激しい不快感を持っている。農業・漁業、社会の根本を支えている第一次産業従事者のことが蚊帳の外に置かれているとしか思えないからである。政治が経団連、経済同友会といった財界の方へしか視点を向けていないからだろうか。

だが農業就業人口は２０１６年で１９２万人。20年前に比べて半分以下という危機的状況に陥っている。我々を飢えから救っている、食料生産人口が、である。

本気で諸賢氏に考えて欲しいが、金やＩＴで食い物は作れない。買えることはできても作ることはできない。だが国は食料輸送や食料加工や食料販売に従事する人間の働き方のことは考えるが、そもそも大元の食料生産に従事している人々のことを、どういうわけか対象から外している。不思議である。というより腹が立つ。

いま、国会で論じられている労働基準法改正案。

一。「中小企業でも60時間超の残業は賃金割増を50％以上にする」。多くの農家は破綻するだろう。

一。「有給休暇取得の義務づけ」。無理である。第一次産業は常に気象天候を相手にしており、霞が関や永田町の机の上で考えるような計画設定は、お天道様が許してくれない。

一。「企画業務裁量労働制」「課題解決型提案営業」と「裁量的にＰＤＣＡを回す義務」「対象となる労働者の健康を確保するための措置の充実」。現在の農業就業人口の中で、そんな浮世ばなれしたことを言わないでいただきたい。

大体、健康確保と簡単に仰るが、農村地帯には医療機関が極めて少なく、病院へ行くのさえ半日がかり。そこへかなりの重症者が殺到するから半日以上の待ち時間はザラ。そのことを考えると、健康確保には相当の覚悟と仕事の損失があり、そのために健常者の仕事量は更に増える。その時、裁量といったって、そんな余裕が農家にあるものか。

一つ。「高度プロフェッショナル制度の創設」。1000万円以下の年収の農民が既に当たり前にやっていること。ただし、1000万円以上の年収のない者がだ。1000万円以上の年収の農民なんて、僕の周囲には殆んどおりません！

それが農村の現実である。

長時間労働。あたりまえ。

非正規と正社員の格差。非正規労働者は金を出さねば集まらないから、正社員であるところの農家の家族が泣く泣く己の収入を削るか、敢えて自分に過剰労働を課して体をこわすまで働くかのどっちか。

労働人口が不足しているから高齢者の就労を促進せよという。既に農業就労者の半分は高齢者。それでも来てくれれば助かるが、3K（きつい・汚い・危険）を嫌う日本人には、それを期待する方がまず無理な話。

ともかく今叫ばれる「働き方改革」。僕にはそもそもからピントがずれて見える。一体どういう魂胆で働き方の改革なんて言い出したのだろう。

（2018年3月27日号）

シカ

北海道はいま紅葉が散り始め、錦繍《きんしゅう》の秋が終わろうとしている。1週間ほど前から雪《ゆき》虫《むし》が舞い出した。

今年の紅葉はとりわけきれいだった。窓の外は赤・黄・橙《だいだい》と、まさに錦繍に染まっている。その色の庭に近頃昼過ぎに、2頭のエゾシカが現れる。母子らしい。彼らは僕が覗いていると、ピタリ静止して動かない。すると、その色は紅葉に溶け込み、あたかも花札の絵の如くなる。白い尻毛だけが浮かんで見える。こっちを意識し、じっと見ているが、別段、警戒している様子もない。またゆっくりと葉を喰《は》み始める。

今は発情の季節らしい。夜になると異性を求め合うキョーンという啼《な》き声が森野あちこちから研《が》してくるが、どこで褥《しとね》を共にするか、その秘事は決して他人に見せない。恥じらいを知っていて奥床しい。

シカを見ていると羨ましくなる。

彼らは自然から直接、食料を得ているから、流通にあれこれ左右されないで生きているのが羨ましい。

消費増税など関係ないのが良い。

豊作の年にはたっぷり喰い肥《ふと》り、不作の秋には黙って耐えている。その凛とした生き方が良い。

喰い溜めはするが、買い溜めをしないのが良い。

先のことをくよくよ考える、そういう気配の見えないのが良い。そのためか、森に棲む他のけものたち、クマ、キツネ、タヌキ、リスなどに一向忖度《そんたく》する様子のないのが良い。

何より誰にも縛られず、所有権も主張せず、占有もせず、風の向くままに生きているのが良い。第一、義理とかしがらみとか原稿の〆切りとかに迫られることと無縁であることがまことに羨ましい。

媚びようとしないのが美しい。己の美しさをひけらかさないのが美しい。只々、自然、自然に対してのみ気を使い、金のことなど頭にないのが美しい。品がある。

シカに比べて我々の品性が劣るのは、どうも金銭に関係がある気がする。

金が欲しいから我々は忖度し、金が欲しいからへり下り、金が欲しいから見栄を張り、金が欲しいから他人と闘う。金銭というこの大きな束縛から解放されたら、我々は如何に安らかに生きて行かれることか。

別に他人をなじっているわけではない。自分自身を考えてみても、何とも情けなく金というこの妖怪に、がんじがらめに縛られて、あたら一生を費やしている気がする。

シカが羨ましい。

クマが羨ましい。

タヌキが羨ましい。

モグラが、ミミズが羨ましい。

樹が羨ましい、木の葉が羨ましい。高価な絵の具や絵筆を買わずに、只であの錦繍を産み出している。にもかかわらず、人という生き物は、彼らを自分より下だと見ている。

何故だろう。
利害のない生き方はきれいだし、第一、楽なのに。

（2018年11月20日号）

ＡＩ

１９３６年に稀代の天才・チャップリンが作った『モダン・タイムス』という秀作がある。その頃席捲《せっけん》した機械文明が、やがて人間性を滅ぼして行くだろうという、いわば警世《けいせい》の傑作である。昨今のすさまじい文明の進歩、殊にＡＩ（人工知能）の異常な進化とそれを喜ぶ人々を見ていると、僕はどうしてもあの映画のことを想い出す。

世の中、というか人間社会がひたすら経済的効率化を目指し、本来人類が蓄積してきた技術・努力・汗・創造のよろこびを何のためらいもなく捨て去って行くことに殆んど反省を持たない現代を、異常であると僕は思っている。ものづくり日本と言いながら日本は真の意味でのものづくりからどんどん遠ざかっている気がしてならない。

つくるという言葉には、創と作がある。知識と金で、前例に倣ってつくることが作。

知識も金もなくとも、智恵で、前例にないものを産み出して行くことを創。これが僕の考える創と作の定義だが、ＡＩには作の作業はできても創という行為はできるわけがない。にもかかわらず、ＡＩが面白がられ、人の職場をどんどんうばい、効率化・経済重視をひたすら思考するそういう思考が蔓延したとき、人は将来、どこで何をしたらいいのだろう。

オックスフォード大学の研究によれば、どんな仕事がコンピュータにとって代わられるかというと、10年〜20年のうちにアメリカの仕事の40〜50％の仕事がそうなるであろうということで、２０４５年には殆んど人間はいらなくなるだろうという恐ろしい予測までされているらしい。人間は自分たちを滅ぼすために懸命に頭脳を使っているのだろうか。空しい話である。

人間の感情・感性・感動といった他の生き物にない貴重な特性がどんどん軽んじられ、無視し尽くされている気がしてならない。国の機関である国会でそういう問題が真剣に話し合われたということを、不幸にして僕は聞いたことがないし、文化とか芸術とか哲学といったものは、棚の上の飾り物として員数合わせのように時々口の端にのるだけである。倖せということを考えるなら、人の倖せは創意を含む感の世界にこそあるはずである。

昔、この国には旦那というものがいて、職人と旦那、芸人と旦那といった旦那が支える文化があった。今その旦那も消えてしまった。

20年ほど前、祇園の古い女将にこういうことを言われたことがある。旦那がすっかりおらんようになってしまいました。旦那いうのは只お金を出すだけのものやありまへん。お金を出す方は今でもたまにおます。でも旦那の資格は、芸や職人の技の良し悪しをしっかり見抜いて育ててくれはる人のことどす。お金はあっても芸を知らん方は花街では旦那と認めまへん。白洲次郎さんや佐治敬三さんが今にして思えば最後の旦那はんどしたなァ。

ＡＩに芸は判るのだろうか。

（２０１９年2月26日号）

國会

誰がこっそり淫行をしていたとか、誰が2〜3分遅刻したとか、よくまァ次々とつまらない理由で国会は空転するものである。つまらない、というと語弊があるかもしれない。

国の選良たる国会議員がそうしたことをしてはいけない。そういう者は議員たる資格がない。それはもちろんよく判るのだが、そうしたことへの糾弾のために、汗水たらして支払っている我々の税金が浪費されていると思うと、どうもおだやかでない気持ちになってくる。細かく調べたわけではないが、そういう形而下《けいじか》的事象の議論に国会討論の一体どれほどの時間が果たして費やされているのだろうか。

愚考するに、こういう形而下的ゴチャゴチャ案件は最初からゴチャゴチャ案件として、ゴチャゴチャ部会とでもいうものを国会内に作り、そういうのが好きな国会議員と三流官僚、あるいは政治家の好きな第三者委員会とでもいったものに任せて、賞罰の結果のみを報告していただけるとありがたい。我々国民は無駄な税金を使っているという日頃のいらつきから解放される。

ついでに言うなら、以前から何度も言っていることだが、国会議員による国会討論。首相をはじめとして、どうして自分の発言に、一々原稿を読むのだろう。恐らく官僚の書いた文章を丸読みしているのだと思われるが、これでは本人の意見が全く見えず、ましてその質疑文が当日前にあらかじめ用意され、官僚たちの手で何度も推敲されるのだという噂をきくと、我々国民は結局彼らの予定出来レースをきかされているのかと、甚だ無力感に陥ってしまう。

トランプさんが自分の声でしゃべり、暴言失言をくり返すのを見ると、この国の議会でそれをやったら、さぞやゴチャゴチャ、ガチャガチャの坩堝《るつぼ》となって、それこそゴチャゴチャ部会が忙しく機能するにちがいないが、それならそれで結構である。それはそれ、全て形而下的議員集団におまかせして、あれやこれやと勝手に感情をぶつけ合っていればいい。ただし、そういうガチャガチャ論議専門議員の給料歳費は、本格的な議員の歳費から、かなり低額に設定して欲しいものだ。

僕の提案していることは、果たしてめちゃくちゃな暴論だろうか。わずか3分の遅刻をとりあげて5時間の空転を作ってしまうことと比較した場合、果たして一体どうなのだろうか。

別の視点で物を見るなら、どうもこの国の国会というものは、次の選挙にどっちが勝つか、誰が、どの党が覇権をとるのか、選挙が国政の大目的になってしまっていて、日本をどうするのかという肝腎の主題がどこかにふっ飛んでいる気がしてならない。だから気づけば統計の改竄などという重大な事案《こと》が今ごろになって突然浮上する。全く本当にイヤになってしまう。

あげ足とりのゴチャゴチャ案件は国会脇の倉庫か何かで、どうかコソコソやって戴きたい。

（2019年3月26日号）

旅の終わり

近年、搏《う》たれた文章がある。搏たれたというか、わけも判らず心にグッと来て思わず涙がこぼれてしまい、その文章を保存してある。文章というより本当は言葉である。昨年12月23日、御退位を決意された天皇陛下が、お誕生日の記者会見で、記者団に語られたお言葉の中に、そのさり気ない一節はある。

「天皇としての旅を終えようとしている今」という一節である。何だかわけもなく涙が溢れた。

両陛下は本当に良く旅をされた。災害の被災者を慰めるために、この国の過去を償うために。しかし陛下が会見の席で、「天皇としての旅」と言われた、その旅の意味は、空間的意味での旅を意味されたのではなく、皇后陛下と過ごされた時間的意味の旅であったのだろうと僕には思える。

天皇陛下と皇后陛下の旅は、敗戦、そして占領時代が終わって程ない、あの御成婚の日に始まり、昭和・平成を過ごしての、日本の象徴という重責を負わされての、悪路につづく悪路の旅だったと思う。その歳月を旅が終わるという言葉でさり気なく表現されてみると、今更のようにドキッとさせられる。

陛下は僕より1歳年上、皇后様は僕と同年、つまりお二方とも殆んど同世代の人間である。

比較するのも不謹慎だが、その同世代の人間が、一方は天皇という厳しい60年の道を歩まれ、かたやこっちは呑気な物書きという自由な道を能天気、野放図に生きてきたかと思うと、同じその時間の重みと質が、こんなにもちがっていたかということに、人として衝撃を受けてしまうのである。

こんなにも日本の全国民から、身近に愛された日本の象徴が、歴史の中におられただろうか。これはまず両陛下の人間的な大きさにあるのだろう。国を代表する政治家たちには爪の垢でものんでもらいたい。

陛下の旅をここまで支えたのには、宮内庁という一つの省の見事な陰でのバックアップがあったであろうことは疑いもない。あの敗戦の混沌の中から、国民の象徴という微妙なお立場をとらされ、それをどう具体的な行動に結びつけるか、そのむずかしいお立場を陰で支えた宮内庁の功績は、ある種、地味ながら称賛に値する。

いま、年号が変わろうとしている。

85歳、84歳という老齢になられた両陛下は、まさにいま漸く、長い天皇としての旅を終えられようとしている。わが身をふり返っても85歳という年齢は、通常、人の定年をはるかに超えた体力の限界を感じる齢である。そこまで歩まれた陛下の旅が、今やっと幕を閉じられようとしていることに安堵に似た気持ちを持たずにはいられない。

同時に、物書きとしての自分の旅の終わりをそろそろ迎えようとしている今、果たしてこの旅は人に誇れるものだったかということを改めて考えてしまうのだ。諸氏の場合はどうだろう。

（2019年4月23日号）

新・一万円札

新一万円札の顔に決まった渋沢栄一氏。天保11年、埼玉県の百姓から出て尊攘《そんじょう》派志士から数々の企業を興し、「日本資本主義の父」と称される。他の明治の財閥創始者と大きく異なるのは、「私利を追わず公益を図る」という考えのもとに「渋沢財閥」を作らなかったことにある。1926年と1927年のノーベル平和賞の候補にもなっている。

この人の遺した数々の名言——

「私は人を使うときには、知恵の多い人より人情に厚い人を選んで採用している」

「できるだけ多くの人にできるだけ多くの幸福を与えるように行動するのが我々の義務である」

「夢なき者は理想なし。理想なき者は信念なし。信念なき者は計画なし。計画なき者は実行なし。実行なき者は成果なし。成果なき者は幸福なし。ゆえに幸福を求むる者は夢なかるべからず」

「我も富み、人も富み、しかして国家の進歩発達を助くる富にして、はじめて真正の富と言い得る」

「真の富とは、道徳に基づくものでなければ決して永くは続かない」

「心を穏やかにさせるには思いやりを持つことが大事である。一切の私心をはさまずに物事にあたり人に接するならば、心は穏やかで余裕を持つことができるのだ」

「一個人がいかに富んでいても社会全体が貧乏であったら、その人の幸福は保証されない。その事業が個人を利するだけでなく多数社会を利してゆくのでなければ、決して正しい商売とはいえない」

「お金持ちはよく集めると同時に、よく使わなければいけない」

「長所を発揮するように努力すれば、短所は自然に消滅する」

「金儲けを品の悪いことのように考えるのは根本的に間違っている。しかし儲けることに熱中しすぎると、品が悪くなるのもたしかである。金儲けにも品位を忘れぬようにしたい」

「死ぬときに遺す教訓が大事なのではなく、生きているときの行動が大事なのだ」

「真似をするときには、その形ではなく、その心を真似するのがよい」

「もうこれで満足だという時は、すなわち衰える時である」

「商売をする上で重要なのは、競争しながらでも道徳を守るということだ」

「大金持ちになるよりも、社会万民の利益をはかるために生きる方が有意義である」

「日本では人知れず善いことをするのが上である。自分の責任は勿論、他人の責任までも負うことが武士道の神髄とされる」

「40、50は洟垂《はなた》れ小僧、60、70は働き盛り、90になって迎えが来たら100まで待てと追い返せ」

新札のすかしにこれらの名言が印刷されていると素晴らしいのだが。とにかく我々はこれらの名言を万円札として使うのである。

道徳を思わずにこれを使うものは、翁の眼光に恥ずべきである。

(2019年5月14日号)

サクラ

日本が再び「化石賞」を受けた。

CO_2（二酸化炭素）を削減しようという世界の取り組みに、日本という国はついて行こうとしない。我々が期待した小泉進次郎サンは、世界の良識、世界の趨勢《すうせい》に反し、自民党の思惑にとり込まれてしまった。失望を通り越して何とも空しい。

地球の環境がおかしくなっている。異常気象が世界を覆い、中でも2019年、その被害を最も強く受けたのは、日本であったという報告が出ている。にも拘わらず、この国の代表である環境相は世界の良識に反する発言をし、世界を呆れさせ、軽蔑の目で見られている。唯一の核被爆国である日本が核廃絶に消極的であるという不思議な図式に酷似している。

自民独裁という国民の作ってしまった政治体制の中で、小泉進次郎氏という若く新鮮な期待の星だった人物が、その所属する党の意見に巻きこまれ、からみとられて行く姿を見ることは、何とも痛々しく辛すぎる。

いま国会は、〝桜を見る会〟のつまらぬ議論で終始したが、少し考えを原点に戻してみて欲しい。いま、世界で論じられている異常気象の問題は、2020年その桜が咲くか咲かないか、その問題を論じているのである。16歳の1人の少女が世界に対して叫んでいるのは、何も大それた論議ではなく、2020年の桜の問題なのである。総理は、2020年は〝桜を見る会〟を開かないと仰るが、桜を見たくとも桜が咲かない、そういう地球への警鐘を鳴らしているのである。それを大国の大の大人たちが、トンチンカンな経済目線で的外れな愚見を述べるということは、余りにも程度が低すぎはしまいか。

アメリカファースト、日本ファースト、経済ファーストと叫ぶのは勝手だが、我々は酸素と水によって生かされており、それは地球という我々の住む環境から全ての生命が保証されている。そこからスタートせねばならない。ファーストという言葉を使いたいなら、何よりも地球ファーストであり、環境ファーストから考えねばならない。党旨ファーストでも選挙ファーストでも位ファーストでも保身ファーストでもない。

人類は元々他の生物同様、己の体内にあるエネルギーで生きてきた。脳が発達し、小利口になり、サボルというずるい考えを持って己の体内のエネルギー消費を可能な限り抑えようと考えた。そこで代替えエネルギーに目を向け、最初は家畜から捕虜・奴隷、次に弱者を使うことに目を向け、やがてはそれが化石燃料に、石炭・石油から原子力に至った。我々はそれを「便利」と称した。だがその便利に矛盾が生じた。一方で原子力が災害をおこし、一方で化石燃料が大気を汚染し、地球の環境をがらりと変えた。

最も最良の改善法は自らのエネルギーに頼る暮らしに戻るという選択肢だろう。だがそれが到底無理だというなら、せめて２０２０年、桜が咲くことをもっと真剣に考えようではないか。

（２０２０年1月15日号）

ウイルス

コロナウイルスの爆発的感染は、今やパンデミックを予感させる。歴史的パンデミックには14世紀のペスト、19世紀のコレラ、20世紀のスペイン風邪などがあるが、今回のコロナウイルス蔓延の特徴は今や地球が文明グローバル化の波の中に一挙に呑み込まれてしまっていることにある、といえよう。

武漢で発生した時には、どこかで対岸の火事と眺めていたものが、ここ1カ月でアッという間に日本の問題となってしまったことには戦慄《せんりつ》を通りこして恐怖をおぼえる。特にその感染の経緯を見るとき、豪華客船の出来事から、タクシー運転手、院内感染、そしてもはや手のつけられないヒトヒト感染へと進んでしまった。

内閣や厚生労働省の初手の不手際を責めることは簡単だが、それ以前に今回の事態では、別の様々な問題点が浮上したことを考えるべきではないか。その一つが情報公開ということである。

病気に感染してしまったことは、不遇であって罪ではない。本人に恥ずべきことは何もない。だがその受感者の名前をマスコミが全く報道しないから、病原体と自分の位置関係がさっぱり判らないし、いつどこで自分がその人と接触したのかも、その可能性があったのかも見当がつかない。感染者の行動域も全てが霧の中に包まれたまま、ウイルスがどんどん蔓延していく。

プライバシーとみんなが言うが、感染者は犯罪人でも加害者でもなく、逆に大いなる被害者なのである。しかも、(不幸にも死にいたることがあっても)殆んどの感染者はやがて回復する。インフルエンザとそれは同じである。なのに感染者の氏名をプライバシーの名の下に全く公表してくれないから、人々は疑心暗鬼のうちに全員不安になり、パニックにおちいる。

たしかにプライバシーは重大であり、名を明かすことで差別や風評被害をもたらすかもしれない。だがそれは少数の性悪者や無知な人間の為す業であり、大多数の理性ある人間にとっては、公表された発病者に対し、同情こそすれ非難も差別もしないのである。そんなことより我々は今、コロナウイルスという病原体の人間社会への浸食を全員の力でくいとめることに一丸となって向かうべきではあるまいか。

もう一つ別に想うことがある。

それは今回の病気の発生を、ただ医学的事件として捉えるのではなく、環境問題として捉える視線があって良いのではと思うことである。ウイルスもある種の生命体である。武漢の市場ではコウモリやネズミを食用として販売しており、それが今回の感染源だと言われているが、これまでそうした事例がきかれていないのに、どうして突然ヒトを脅かす、そういう存在に変化したのか。そこに地球の環境の変化がなんらかの形で関わってはいまいか。

心配性の老人は、ついそんな余計なことまで勘繰りたくなってしまうのである。

（2020年3月11日号）

巣ごもりの日々

誠に模範的な、巣ごもりの日々を過ごしている。去年までベラボウな量の原稿執筆を、思えば飽きもせず何十年も続けてきたのが、コロナのおかげでパタリと暇になり、全くやることがなくなってしまった。

朝寝して　夜寝するまで昼寝して　時々起きて　居眠りをする

コアラの如き日々である。

テレビが年中ついているものの、おふざけと再放送と何ともつまらないドラマばかり。それでもテレビについ目が行くのは、コロナの行方、河井克行・案里夫妻の事件の行方、北朝鮮と韓国の行方、ボルトンさんの暴露本の行方、チンピラタレントの多目的トイレでのハレンチ行為の行方、等々。とにかくよくまぁと思うぐらい次々につまらぬ事件が出てきて、そんな下らんこと見なきゃぁいいのにと思うのだが、人の不幸は蜜の味、ついつい見てしまい、時間をつぶしている。時間をつぶしながら己の魂が毎日どんどん汚れて行くことにハッと気づいて自己嫌悪にかられている。しかしそうした下賤《げせん》な好奇心から、目をそらせないバカな自分がいる。

北朝鮮・金与正《キムヨジョン》姫の、あの温かい微笑の口から突然目を醒ますような罵詈雑言の数々がとび出すと、きっとかの国の政府の中には悪口専門局という部署があって、クズだのブタだの特急鉄面皮だの、アホンダラだのボケだのカスだの、そういう罵倒語を専門に探し出し、それを美文にしたてあげるという、わが国の官僚組織にはない諧謔《かいぎゃく》とブラックユーモアに溢れた専門職がいて、これは中々民度が高いのではないか、と感心してみたり。

とにかくそんな、何もしない日々の中で、ある日突然我ながら驚く天才的な発見をした。全体こんなに厳しく制約されているのに、コロナウイルスはどうしてこうも規制の目をかいくぐることができるのか。

金《かね》ではないかと思うのである。

経済とか、そういう大仰《おおぎょう》なことではない。僕の言う金とは銭のことである。毎日手にする紙幣と硬貨のことである。あれを一々消毒しているという話はあまりきかない。だが僕らの世代の男たちには、札を数える時、本の頁をめくる時、つい指をベロッと舐め、紙を一枚ずつめくるという風習がある。あれは明らかに本の一頁、札の一枚に自分の唾《つばき》をつけているという行為である。ＰＣＲ検査も最近はツバでできるという話をきいたし、とすれば世に流通する紙幣にはコロナウイルスが付着しているにちがいない。

たとえば河井さんから封筒をもらった広島県のお偉いさんたちは、事の善悪は別として、いくら入っているのか確かめたくなるのが人情で、その時ペロッと指を舐めてその枚数を数えるのではないか。すると札ビラにくっついたウイルスは、たちまち相手に染《そま》るのではないか。

巣ごもりの日が永くなると、こんな珍発見が生まれてくる。

（２０２０年７月22日号）

舐める男

近辺に1人の男がいる。70をとうに過ぎたのに、未だ活力に充ちあふれ、東奔西走、つかれることを知らない。

某テレビ局のかなりの地位まで上りつめたのに、定年を目の前にさっさと足を洗い、自分の望む暮らしを始めた。それから何年かは何を思ったか、各種サバイバルの訓練を受け、自然のことを猛勉強した揚句、環境教育に身を投じた。年金暮らしを素直に受けとめ、金儲けに一切興味を持たず、年中故障するオンボロ中古車を馳《は》せって日本全国を駆けめぐっている。

暇さえあれば本を読み、齢のわりにはITにも通暁《つうぎょう》し、新知識の吸収に日夜励み、その上、寸暇を惜しんで山野へ分け入り、渓流で魚をとり、山菜・きのこを採っては周囲にふるまって、1人豪快に晩年を過ごしているという、実に見上げた男である。ただし、こいつに一つ悪いくせがある。

一紙だけとっているM新聞を隅から隅まで熟読するのは結構なのだが、その新聞をめくるのに、指をまず舐め頁をめくる。次の頁にうつるのにも指にツバつけ頁をめくる。新聞紙だけではない。本をめくるにもメモを見るにも一々指を舐め、頁をめくる。だから時節柄、つけているマスクも大体アゴの先にはりついたままである。最初は何となく見逃していたのだが、気になると気になって仕方がない。

汚い！　不潔である。

ところが彼の下で働いている若者たちは後輩だから直接言えない。そこで僕の所に、注意してくれという嘆願が来た。

そこで彼の行動を注意深く見ていると、成程！　一々指を舐める。新聞・雑誌、ノートをめくる時は仕方ないとしても、札を数えるときも指にツバをついている！　これはいかんと思い、直ちに注意した。彼はびっくりした顔で僕を見た。

みんなやらない!?

そう言われて今度は僕自身がびっくりした。思えばピン札がしっかり重なっている時など、まちがえてはいけないと一枚一枚確認するのに、指にツバをつけることは僕にもある。不潔とか清潔とかを考えるより先に、頂戴する金が果たしてまちがいなくあるかどうかの方が優先事項になってしまうからである。

だが、ツバキというものは、考えるまでもなくウイルスとか細菌をまちがいなく伝播する最も原始的ツールであり、我々が永年暮らしの中で身につけた、薄い紙を剥がすのに指にツバするというあの方法は、昔《いにしえ》よりのクセとして、もはや身についてしまっているものではないか。我々はその都度、ＰＣＲ検査をして札を数えているわけではない以上、新型コロナは金を媒介にして、ひそかに世の中に拡まっているのではあるまいか。

そう思って世の中を見廻すと、世の男たち、時には女までが、指をペロッと舐めて金勘定したり、新聞をめくったりする情景は予想外に多く目撃されるのである。他人ごとでなく我がこととして僕はこっそり反省している。

（２０２０年11月18日号）

結《ゆい》

この正月はまさに巣の中の正月だった。

どこにもいかず、誰とも逢わず、老妻と2人、降る雪の中で、何とも静かな、口数少ない正月だった。これはこれで結構な時間だと、86歳の誕生日を迎えた身には、特に厭でもなく受け入れられたが、これが血の気の多い活力に富んだ若い時代のことだったら、そうもいかなかったろうと、ぼんやり思った。

自粛々々といくら叫ばれても原宿や新宿、夜の街へフラフラと出て行ってしまう若者たち。彼らの行動を見ていると、困ったものだと思いつつも、どこかでやや同情する自分がいる。酒を飲むなら1人で飲めばいいのに、恋人と語りたいならスマホでじっくり話しこめばいいのに。そうはいっても、スマホじゃ相手の息を感じない、匂いが判らない、触《さわ》れない。ＩＴ社会の限界というものをひしひしと感じて彼らは家の中でひたすら焦つき、フラフラ街へ出てしまうのだろう。

今回の自粛要請には怒りの鉾先になるものがコロナという形の見えない敵であって、即ち怒りをぶつける対象が見えないという腹立たしさがある。殴る相手がいない。デモを仕掛ける対象もない。じっとしていろと言われたって、あり余るエネルギーをもてあますだけである。だから彼らは良くないと知りながら、意味なくフラフラ街へ出てしまい、ウイルス拡散の手伝いをしてしまうのだろう。

どこかのテレビが街頭で通る人にインタビューしていた。使うことがなくて金が余りませんか。余ります。その金を何に使うおつもりですか。ジャンパーを買います。ステーキを喰います。何に使おうかと今考えています。

自粛で金の余る人がいる。

稼ぎがなくて悲鳴をあげる人がいる。

破産し、路上生活者になる人がいる。

休みがとれず、ボーナスも削られ、それでも必死に命を救おうと睡眠を削って働く医療従事者がいる。

あの人は病院勤めだから、傍に寄ると染《うつ》ると、いわれなき差別に苦しむ看護師がいる。

そんな暮らしにもう耐え切れず、職を離れようとする医療関係者がいる。

様々な人がコロナの生んだ濁流の中で、もまれ、流され、苦しんでいる。政治はもはやその奔流の中で、どうしていいか判らないかに見える。

こういうときには官の力をあてにせず、民の力で苦境に立つ民の心を救った方がいい。

そこで北海道の盟友たちに声をかけ、北海道医療従事者のための救済プロジェクト「結」を立ち上げた。登山家・三浦雄一郎氏、北海道日本ハムファイターズ・栗山英樹監督、元北海道コンサドーレ札幌・岡田武史監督、歌手の中島みゆきさん、それに北海道新聞社の広瀬兼三社長が発起人に名のりを挙げてくれた。

何ができるかまだ判らない。只、苦しい闘いの中で医療の最前線に立ってくれている方々に感謝のエールを送ろうという道民の想いを集結させたいと思っているのである。

（2021年1月27日号）

百歳からの伝言

永い付き合いである祇園の茶屋の女将と、時々電話で話をする。女将は一昨年、100歳を超えた。しかし頭は矍鑠《かくしゃく》としている。

100になったら何やしらん。国か京都市か、どっかの偉い人が2、3人来はってな。総理大臣からのお祝いや言うて、賞状置いていかはったわ。せやけど、そんなもんもろたかてなァ。

本当は、うち言いたいことあったんや。

賞状はいらんさかい、100歳になったら、一つ特典をいただけんやろかてなァ。特典ちゅうのは、100になったらいつでも安楽死してええちゅう権利や。101歳になって102歳になって、益々その気持ちが強うなりますねん。

世の中どんどん変わっていって、うちらもうようついていけんし、大体まわりに迷惑ばかりかけて生きとっても、しんどいことばかりや。医学がこんだけ進みはって、眠てる間に楽に死ねる言うんやろ？　安楽死の権利、与えてくれんかなァ。先生、誰かに頼んでみてくれへん？

去年。62歳になるうちのスタッフが、自殺未遂の事件を起こした。３年前に肺癌を発症し、既にステージは４に達して永い苦しみの日々を過ごしていた。病院は様々な手を尽くしたが、病状は少しずつ悪化の方向へ進み、宣告された日限を過ぎても苦しみは増すばかりで、一向死は訪れず、一人暮らしの彼はある日、ナイフで首を切り、死にきれず、電動ドリルで胸に穴を穿《うが》って、それでも死にきれず発見された。

救急車で運ばれて辛うじて一命をとりとめたのだが、僕は医者たちに必死に頼んだ。麻薬を使ってでも何とか少し楽にしてやることはできないのかと。緩和ケアを担当する麻酔医たちは、その方が良いと賛成してくれたが、内科医の考えは全くちがった。いつ新薬が出るか判らないから、生きる選択肢を選ぶべきだと。しかし彼はもう３年間、十分待って苦しんだのだ。

人命は何よりも尊いという、古来のものの考え方がある。だが今一方で、医学の驚異的進歩により、人工呼吸やら胃ろうやら、本来の生死の判断を超えた所での生の裁定が為されている気がする。

リビングウィルを重視する日本尊厳死協会に、かなり前から僕は入っているが、いざという時に尊厳死というこの言葉の重みが果たしてどこまで通用するのか。そのことにすら最近僕は疑問を持っている。

とにかく命は何より尊い。植物人間になっても脳死せぬ以上生かせねばならぬ。この思想が、かくも医学の発達したいま、まだ生きていることが僕には判らない。というより、生きる意味合いを失った人間が、いつまで生きなければならないのか。この議論が全く行われず、タブーになったまま先送りされてしまっていることに、僕は賢者たちのずるさを見る。

医学は哲学に裏打ちされなければならない。というか、医学と哲学は同時に進むべきなのではあるまいか。

（2021年3月24日号）

試食会

福島第一原発における処理水のタンクは、日に日にその量を増やしている。何度か見に行ったが、そのタンクの置かれた敷地の拡大は、一目瞭然、アメーバーの如く拡がっている。これでは希釈して海に捨てるより他に方法はないだろう。

一方、全国漁業協同組合連合会（全漁連）はこの海洋放棄に真っ向から反対の姿勢を崩さない。政府は強権を発動して断固放棄を宣言したが、これでは正当な解決は望めず、反対運動はいつものように泥沼の様相へと突入するだろう。

科学的根拠に基づいていうなら、トリチウムを希釈して海へ棄てるという方法は国際的にも認められているらしい。しかも日本では国際基準より更に厳しい基準を設けて、そこまで薄めて放出するというのだから、感情的には釈然としないが、科学的には理にかなっているといえばいえる。だが全漁連の問題にしているのは、この感情的部分、いわゆる風評被害である。

この風評被害という言葉を前にして、それに抗する手を、政府は全く打っていない。智恵がないのか度胸がないのか、現実的な手を全く打っていないように僕には見える。

そこで一つの愚者の提案だが、放出する予定の水のなかで魚類・貝類ほか海産物を一定期間養育し、政治に関係ない人間が純粋な形でそれを育てて、しかる後それを収穫する。それを政治に関係のない料理人が料理して食卓に供し試食会をやる。試食会は1日や2日で終わらず、1週間、10日あるいは月に一度を半年間とか。試食会に出席する義務のあるのは総理をはじめとする全閣僚。そして東電の関係者。

これはもう義務であり、率先垂範、さぼることは許されない。ついでに処理水もおいしく冷やして食卓に供し、モルモットの日々を過ごしていただく。

その上で全員に異変が起こらねば、これは単なる風評被害だったということで、重鎮が試食会参加を断ればヤッパリ怪しいという話になる。無論、それにはその調査期間、何らかのイカサマが行われないように、第三者機関による徹底的監視がなされなければならないし、そういうことが真面目に行われれば、それらの海産物が無害であったか否かに、一応正当な判定が下されるのではあるまいか。

問題は今の政府閣僚、あるいは東電の関係者に、自らモルモットになる度胸があるかないかである。

忙しいのにバカバカしい、とこうした提案はおそらく一顧だにせず無視されるのだろうが、そこが偉いサンのいけないところ。要は全て愚直なバカバカしさでユーモラスに進んでいかなければいけない。バカバカしさを蔑視するのはお偉い方々の立派な差別である。

処理水の問題は大問題である。

これを今、あいまいに放置すると、いずれは核汚染物最終処理場の問題のように、解決つかない泥沼に落ちこみ、未来に重大なツケを残してしまうことになる。

（2021年5月26日号）

スポーツの祭典

オリンピックがいよいよ迫って来た。

時の総理が誘致したいあまり、フクシマはアンダーコントロールだなどと臆面もなく言ってのけ、復興五輪だと花火を挙げたこのオリンピック・パラリンピック。果たして何からの復興になるのか。あの時約束したオ・モ・テ・ナ・シはどういう形でのもてなしになるのか。当事者たちの大変には同情するが、お手並拝見と外野から見ている自分たちのタチの悪い野次馬根性にふと気がついて自己嫌悪にかられる。

そもそも今回のオリンピック×コロナ騒動には色々なことを学ばされた。やるかやらないか、で揉めていたものがいつのまにか有観客か無観客かの議論にグレードダウンし、IOC（国際オリンピック委員会）貴族の存在に気づかされ、アスリートと共にやってくる随行者の数におどろかされ、オリンピックファミリーの観戦には特別にアルコールを供すべしなどという担当大臣の発言に目を白黒させ、体育の祭典という大原則から逸脱してこのパンデミック下の日本という国に不要不急の大迷惑をかけてしまっている。

オリンピックという余計なものがなくても、今この国にはそれどころでない、さし迫ったいくつもの危機がある。

地球温暖化による気象変動の危機がある。この夏いつ襲ってくるか判らない台風・洪水・熱波の攻撃。更には地震・火山の爆発。

悪意ある隣国からのサイバー、そしてテロ攻撃。世界の要人が集結してくる大都会・東京は、絶好の標的になり得るだろうし、もしそれが、東北からの風の日を狙ってのフクシマ原発へのテロ攻撃だったら日本の心臓部・関東地方は放射能汚染で息の根を止められてしまうだろう。同時にそこに集った世界の要人も。

そして勿論コロナがもたらしたパンデミックの現状がある。イギリス株に続くインド株の攻撃。対するこの国の若者たちの能天気な自由を主張する行動。政府の命令を聞くことのできない、それを規制できない国の現状は、医療崩壊はおろか、国家崩壊の様相すら呈している。そんな中で何が何でもオリンピック開催へ突き進もうと猛進する国の態度は、あの愚かな戦争へ突き進んでしまった大戦前夜の日本を想起させる。

これだけ沢山の今そこにある危機を抱えながら、国民の80％が中止を求めているこのオリ・パラ イベントへの突進は一体どう考えたら良いのだろう。目先の選挙やら面子にこだわっているこの国のトップは果たして歴史から学んでいるのだろうか。

この稿が世に出る頃、日本は果たしてどうなっているのか、僕には皆目見当がつかない。だが少なくともコロナによる犠牲者は今よりその数を増やしているだろう。そしてその犠牲者は我々日本人が不要不急のスポーツイベントを容認してしまったツケなのである。

この責を一体だれが負うのか。

嗚呼！

（2021年7月21日号）

老人たちよ

「老人への提言」という一文を、僕の主宰する富良野自然塾の季刊誌『カムイミンタラ』のために書いた。主旨は以下のようなものである。

切迫している地球環境問題のために世界の世論が動きかけている。スウェーデンのまだ10代の活動家、グレタ・トゥンベリさんの呼びかけに世界の若者が反応し、日本の若者にもこれに呼応する動きが出てきた。なのに日本の政治家識者、いわばこの国を動かす壮年層は寝呆けたように目覚めようとしない。こういうことで果たして良いのか。

残念ながら我々老人世代は、ここに至る太平の豊饒《ほうじょう》を自身で作り出し、そして享受し、今の環境危機を生み出してしまった、いわば犯人・元凶であり、贖罪《しょくざい》をせねばならぬ立場にある。のんびり老後を楽しんでいないで、せめて立ち上がった若者たちに応援の旗印を上げようではないか。それもしっかり明確な形で。それが僕の書いたことの主旨である。

2030年、2050年の未来に対する対策として、この国の持ち出している様々な案は火力発電を減らす案だったり、自然再生エネルギーの利用法だったり、即ち今のエネルギーの生産方法にばかり言及し、そもそもの使用量をいかに減らすか、減らせるかというもう一方の重大な課題には一向触れようとしていない。そういうふうに僕には見える。

我々老人はかつて敗戦時の貧国を経験してきた世代である。敗戦時とまではいかないまでも、スマホのない時代、コンビニのない時代、パソコンのない時代を経験し、そうした新兵器が現われる以前には、それがなくても何の不思議もなく、何の不満も感じずに人生の倖せを謳歌してきた筈だ。その時代を一寸思い出せないか。少しだけ過去に戻れないか。それが今、我々老人にできる、せねばならないことなのではあるまいか。それが僕の書いた提言の主旨である。

我々が今、地球の温暖化を招くCO_2の排出量を減らすどころか、増やす方向へ進めてしまっている根源は、もっと景気を、もっと消費をと経済のことばかり考えて止めない社会全体の仕組みにある。この考えに根本的にブレーキをかけることはできないのだろうか。進み過ぎてしまった文明社会は、アクセルの改良のことばかり考え、ブレーキそしてバックギアのことは誰一人考えていないかに見える。交通事故の多発する危険な社会が拡がっていくのは火を見るよりも明らかである。

ＮＡＳＡ（アメリカ航空宇宙局）の宇宙衛星から、夜の地球を撮った写真がある。限られた都市部のみが煌々と眩しく、残りの大地は暗黒である。北朝鮮は闇の中だが、日本列島はその全てが眩しいばかりに輝いている。

明るいことは倖せなのだろうか。

スピードは幸福を生んでいるのだろうか。

今そのことを僕は考える。

仕事を終えた老人たちよ。あなたたちは今こそ立ち止まって自分の遺したまちがいに対し、贖罪の方法を考えられないか。

（２０２２年１月５日号）

ガラパゴス・シニア

シニアとは一体、何歳以上を言うのか。気になって調べたら、これがまことにバラバラである。

国連ではシニアの定義を60歳以上としているが、WHO（世界保健機関）では65歳以上と定めており、そのうち65歳から74歳までを前期高齢者、75歳以上を後期高齢者と定めているらしい。一方、東京都委託事業の東京しごとセンターでは55歳以上をシニアコーナーと呼んでいるから、いかにこの言葉がいい加減に使われているかが判る。では一般人はシニアの定義を何歳くらいと考えているのか。それを年齢別に調査したデータがある。20代から50代の人はシニアの年齢を平均63歳ぐらいから上と答えており、一方60代より上の世代はシニアをもっと高い年齢だと意識しているらしい。そして70代以上の人間となると、自分の年齢とシニアだと思う年齢にほとんど差を感じなくなっている。つまり、自分をジジイだババアだと、あきらめの中で認めてしまうものらしい。

65歳以上を一応、高齢者として、都道府県別の高齢化率を見ると、２０１８年（平成30年）のデータでは1位が秋田県の36・4％、2位が高知県の34・8％、3位が島根県の34・0％で、これを２０４５年（令和27年）に当てはめて推定すると、1位が秋田の50・1％、2位が青森の46・8％、3位が福島の44・2％と大変な数字になっており、このデータから日本の現状を見ると、もはや人口の30％が高齢になりかかっていることが見てとれる。

さてここで現在の、政治行政がとっている庶民への手続きその他、諸式のやり方説明の方法である。コンピュータ世代のお役人たちは、自分たちが判るから誰にでも判るとお考えかもしれないが、我々のような後期高齢者、デジタルを教えられず、アナログ一筋でやってきたガラパゴス世代の老人たちには、何をどうするのかさっぱり判らない。

たとえばワクチンを打つための申込方法一つとっても、おっしゃることがさっぱり判らないから、近辺の若者に頭を下げてやってもらうしか方法がない。これでは年長者の尊厳も何もない。若いガキ共にペコペコ媚びてお願いしている自分に腹が立つ。世間の全てがパソコンの扱いを判っていると思っているなら、行政のとんでもないカンチガイである。

一つには、これは国の政治を司る中央（東京）の近代化レベルと、地方の人間の知的レベルの差を、中央があまり判っていないせいかもしれない。ちなみに、先程の高齢化率のデータによれば、東京は他県に比べて格段に低く、２０１８年は高齢者の割合は23・1％。２０４５年の推定でも、まだ30・7％である。とはいえ、既に高齢者率が20％をもう超えている。それだけの人間がワクチン接種の申込み一つに首をひねって困惑している。行政にいま望みたいのは、ガラパゴス・シニアにもう少し優しい、判り易い説明と社会のシステムである。

（２０２２年1月12日号）

クソ考

２０２２年の年頭を飾るのに甚だ相応しくないテーマであるかもしれないが、このところクソという重大かつ身近な物質について真剣にはまってしまっている。発火点は、エネルギー資源の枯渇という大問題である。

日本だけでも１日２万４８００トンという莫大な量が産み出されるクソ。〝喰って、出す〟という循環社会の大元の位置に存在するこの物質が、単なる邪魔者として廃棄され、資源という見方を殆んどされていない。その理不尽に対する疑問からである。かつて小生は『北の国から』というドラマの中で２００万人に及ぶ富良野の観光客が確実に落として行くものは何か。それは金でなくクソではないかという疑問からクソ発電を夢見る人物を登場させたことがあったが、テレビ視聴者は愚かにもこの重大な問題提起に誰も見向いてくれなかった。

しかし世界では、かのビル・ゲイツが開発途上国の不衛生による死者数を減らすために2億ドル（210億円）を投じて汚水処理装置「オムニプロセッサー」を開発し、そこからできた水をゴクゴクと飲み干して見せている。また、北海道・鹿追町《しかおいちょう》では、家畜の糞から町内に2つのバイオガスプラントを作り、町内の7割をカバーする617万キロワットの発電に成功している。

そもそもわが国の江戸時代にあっては、糞尿は貴重な収入源であり、たとえば長屋の大家などは店子の家賃より彼らの落とす糞尿を、クソ問屋を通して主たる収入源とした。したがって、当時はクソにもランクがあり、栄養豊富な大名旗本の家から出る〝勤番《きんばん》〟。一般町民から出る〝町肥《まちごえ》〟。江戸の四つ辻の共同便所から汲み取った〝辻肥《つじごえ》〟。尿分の多い〝たれこみ〟。牢屋など栄養価の低いものから出る〝下等品〟と、取引値に数倍の差があったらしい。

これらが汲み取り式容器に溜められ、農民がそれを買い、ある場合には栃木・茨城・埼玉など関東上流から荒川を通って江戸に運ばれる農産物の帰り舟（同じ舟が使われたかどうかは知らないが）として農産地へと送られたのである。

このシステムが崩壊したのは大正7年。水洗トイレが現われ始め、汲み取り事情が逆転する。この年までは農民や尿糞業者が作物や金銭と引き換えに汲み取りをしていたのに、この年以来、事情が逆転し、住民が金銭を支払って汲み取りをしてもらうようになるのである。鎌倉時代から長く健全に機能していた汲み取りシステムにピリオドが打たれた。つまり資源の1つだったクソが、単なる廃棄物に転落してしまうのである。

循環社会の原点ともいえるクソが、循環の輪から外されてしまった今の社会はどこかまちがっているように思う。僕は科学には全く音痴の徒であるが、科学者・企業家が宇宙に行くなんてことを考える前に、この毎日産み出される大資源・クソをエネルギーに変えることを真剣に考えてくれたなら、随分と社会に益することになるのではあるまいか。

（2022年1月26日号）

神かくし

物忘れがどんどん激しくなっている、という気がする。かくかくの材料で今回の原稿は書こうと思い、書き出しても、待てよ、この材料、前にも使ったのではなかったか、と不安になる。担当者に問い合わせても、敵の返答もあいまいである。僕より30は若いくせに、敵にも物忘れが始まっているらしい。一寸うれしい。

藤沢周平の小説が好きで、全てとっくに読み尽くしてしまった。そう思っていたのだが、ある日、本屋で初めて見る文庫本にぶち当たる。あれ？ と思ってペラペラめくってみるが全く読んだことのない新作である。しかも上下の二巻本。うれしさにドキドキ心が弾む。買って帰って2日かけて読む。新鮮な感動が心に突き上げる。どうして今まで読んでなかったのだろうと、自分の記憶を不思議に思う。非常に得をした気分になってその本を書庫の奥に閉《しま》いに行く。本棚にさしかけて凍結する。同じ本が既にきちんと並んでいる。しかも御丁寧に上下本が二組み、上上下下と並んでいる。そこへまた上下をさしこむことになる。こういうことがしばしば起こる。最近ではあきらめ、良かったではないかと思うことにしている。忘れたおかげで新鮮な感動を改めて新規に味わえたのだ。良かったではないか。

テレビでも同じ現象が起こる。夫婦で愛好する『開運！ なんでも鑑定団』。週に3回放送される。途中で「これ観た！」と老妻が叫ぶ。黙れ！ と反射的に怒鳴り返す。一度観たことがあろうとあるまいと、こっちは忘れて楽しんでいるのだ。そこに水をさすな、黙れ！ となるのである。

〝忘却とは忘れ去ることなり。忘れ得ずして忘却を思う心の悲しさよ〟だっけ。菊田一夫の大ヒット作『君の名は』の冒頭の一節だが、こっちにはもはや、その言葉すら正しく思い出せなくなっているのである。

老いるということは忘れるということで、人はだんだん浮世のもろもろを忘却し尽くし、死ぬことになるのだろう。ついでに痛みも苦しみも忘れさせていただけるとありがたいのだが。

最近時々〝神かくし〟に出逢う。

ライターがない、時計がない、眼鏡がない。つい今さっきまで使っていたものが、突如わけもなく消え失せてしまう。それが外出の寸前だったりすると、家中大さわぎで探査することになり、やれトイレはとか、カバンの中はとか、ポケットの奥に入っているンじゃないかとか、一一〇番に通報したくなる寸前くらいの大規模探査が敢行されるのだが、ふと気がつくと、そのライターが目の前の卓上に何故かポツンと置かれてたりする。

そういう事態がしばしば起きる。

家人は無言で非難の視線を僕に黙って浴びせかけてくるが、僕はこの現象を明らかな〝神かくし〟。古来、日本の家屋に居つく座敷わらしの仕業だと思っている。呆けや物忘れとは絶対にちがう。

（2022年2月9日号）

アベノウブギ

つまらないことを考えている。いや、つまらないかつまらなくないのかは人によって考えがちがうだろう。僕が思うに決してつまらないことだとは思えない。

アベノマスクの行く末についてである。

現在世の中できらわれてしまって、浮いたマスクが８０００万枚あるという。その保管費用に約６億円の金を要し、この金が無意味に国庫から、即ち我々の税金から毎日ずるずると支出されているらしい。勿体ない、というより無駄な支出であり、浪費である。これの処理法、あるいは再利用法をどうして議員たちはちゃんと考えないのか。当の責任者である自民党議員は勿論だが、文句ばかり言う野党議員も無能である。そこで87歳になる小輩は、何とか良い術がないものかと耄碌《もうろく》した頭で必死に考えた。そしてその手段を発見した。

　マスクを再生し、オムツに仕立て直すのである。そしてそのオムツを、老人ホームと保育園に配布するのである。無論その手間賃は1個いくらで、ミシンをかけてコツコツ作業をしたバイトの主婦たちに支払われねばならないし、その費用は当然自民党が、厳しく言うならアベさんがポケットマネーから支払わねばならない。かくして無用のアベノマスクは、アベノオムツに生まれ変わる。

　そういう名案を発想して、これだ！　と家人に自慢したら、ガーゼはオムツにはなりません、と無惨にも一笑に付されてしまった。僕の計算では、アベノマスクを10枚使えば成人用オムツが1枚できるという計算で、8000万枚の眠っているマスクから800万枚の成人用オムツができるというわけで、日本の80歳以上の人口は大体1000万人だから1人当たり1枚弱配れるという画期的救国のアイデアだったのだが、無念である。

　ところが世間には偉い御老人がいらっしゃるもので、兵庫県川西市在住の85歳の老女が、自宅にあったアベノマスクの糸をほどいて縦26センチ、横64センチのガーゼ地に戻し、2時間かけて5枚を使い、手縫いで赤ちゃん用の産着《うぶぎ》に仕立てあげたという。

この方、20代から大阪や神戸で縫製の仕事に携わって来られた方で、布を見る目が確かであり、市販のガーゼより織り込まれている糸が多く、布地がしっかりしていることに着目されて、自分の子供が産まれた時のことを想い出しながら赤ちゃん用産着を仕立てあげられたという。

岸田文雄首相は1月21日、残存マスクを有効活用した上で、残りは今年度内に廃棄するという方針を示されたそうだが、この老女のなさったことの方が余程優れた智恵の使い方である。大体この使い捨ての世の中にあって、我々老人世代が昔そうやっていたように、捨てるより使う、再利用するという、昔は当たり前だったこの発想を見事に持ちつづけておられるこういう方こそ、国は表彰すべきだと思う。

そんなことにも発想が行かず、国費ばかりを浪費している政治家たちに、喝！


（2022年2月22日号）

開会式

北京オリンピックの開会式をテレビで観た。中国は凄い！　と泌々《しみじみ》思った。チャン・イーモウ氏の創造の美事《みごと》さには日本はすっかり敗けたと感じた。

プロジェクションマッピングの奔放な魔術。殆んど素人を使ったというその素人たちの整然たる統一。それを括《まと》めあげた演出の見事さ。２次元・３次元・４次元の交錯。入場行進を先導する女性たちの清潔さ、美しさ、それでいて行進のバックには金をかけないクラシックを使っている。そしてそこに登場する各国選手団のスポーツマンらしい奔放な破調。しばらくぶりに美しいものを見た。

それに比べて日本の創造性は、どうしてこうも堕ちてしまったのか。情けない。この責任をつらつら考えるに、僕は「電通」というものの存在を思ってしまう。この国の大事業、大イベントは、日常を考えても殆んどのものが政治家・財界から電通への丸投げに依存し、その肝腎の電通の中で、かつて持っていた独創性・創造性がどんどん失われてきてしまった所に日本の文化の衰退がある気がする。かつて輝いていた電通の光彩は一体いつからその光を失って来てしまったのか。

電通だけの責任ではないかもしれないが、最近のテレビのコマーシャル。一体いつからあんな稚拙な意味不明のものが多くなってしまったのか。しかもその幼稚な、お笑いタレントがばか笑いするばかりの耳ざわり、目ざわりの不快な代物が、通販宣伝の拡大を含めて電波をどんどん浸蝕している。

北京オリンピックの開会式に僕が久しぶりに清潔さを感じたのは、有名タレントも宣伝もなく、中国という大国がスポーツ・文化というこの大切なものを極めて純粋に、何の利害もなく扱ってくれたからだと思う。そのことに僕は清々しい感動を覚えた。

その寸前まで北京オリンピックを、どこかで僕は政治と結びつけ、新疆ウイグル自治区の人権問題はどうなっているのだろうかとか、台湾は、香港は加わるのだろうかとか、習近平とプーチンはこの会を機に逢うのだろうかとか、余計なことばかり考えていた。

しかしこの開会式のセレモニーを見て、そういう雑念が一切ふっとんだ。一切というのは誤解しないで欲しいが、その間だけである。チャン・イーモウ氏が作った開会式の時間だけである。この時間だけは習おじさんもバッハのオッサンも隣の長屋に住む良い人に見えた。あの開会式のあの時間には、憎しみも争いも忘れさせる「文化」というものが持つ清潔な力があった。

美は利害関係があってはならない。

アリストテレスの言った美学の根源の言葉である。当然、スポーツも美に含まれる。勝った敗けたは憎しみを残さないし、後にはさわやかな友情だけが残る。習おじさんもバッハ兄さんも利害と関係ない、あの顔を保って欲しい。美は軍事力を遙かに超えるものなのだ。

（2022年3月9日号）

スポーツマンシップ

オリンピックを観ていて、変に感動している種目がある。スノーボードである。

スノーボードという種目が特に好きだというわけではない。ただあの種目の選手たちに、国家意識とか勝敗とか、そういう余計な夾雑物《きょうざつぶつ》なく、他国の選手のパフォーマンスに純粋によろこび、みんなで飛びついて純粋に喜び合う、そういう澄んだスポーツマンシップが見られるからである。他のスポーツでも時々それはある。

日本のカーリングの選手たちは、勝っても敗けても、にこにこ相手に手をさし延べる。あの笑顔も誠に美しく、ある種、清々しい感動を覚える。

スポーツというものは本来そういうもので、今まで散々殴り合っていたボクシングの選手が、はれ上がった顔でいきなり抱き合う。ああいうシーンを見せられると、彼らの心の大きさ、寛容を、温かさを見せつけられて、己の心の狭さ、濁《にご》りをドキンと感じて反省させられる。あれこそがスポーツ精神というものであり、あの感動こそがオリンピックの原点なのだろうと思う。

昨今、オリンピックがどことなく汚れてみえるのは、そうした純粋なスポーツの感動が、国威高揚とか経済効果とか、これまでなかった不純な要素に、次第に冒されつつあることに原因があるように、僕には思える。

おそらく、暴力的肉体的に強いものが、それだけで人の上に立てるということになると、それはチンピラ、愚連隊、やくざ、ギャングへと一直線につながる道となり、闘争、戦争へと流れる暗黒の潮流に向かうことにしかならないだろう。それを自省して生まれたのが多分、武道の精神性であり、はぐれ者たちの世界では強きをくじき、弱きを助ける仁侠の道となったのだろうが、では今オリンピックという世界的イベントの中で、そうした精神性の向上が果たしてどのくらい保たれているのか。

国威高揚のためのドーピング。

何が何でも主催国になりたいがための一国の首長の平然たる大ウソ、アンダーコントロール。こんな国首たちが上にいる限り、オリンピックの本来の意義は保てるわけがないし、保ち様がない。

15歳の少女がマスコミの格好の餌食となったり、コロナの災禍が世を襲う中で国の威信にかけて世紀の祭典が開かれたり、その中でミサイルの実験を続ける国があったり、隣国に侵攻しようとする国があったり。本当に良いのかなァ、オリンピックなんかしてて。

そういういらつき、混迷の中で、スノーボードの選手たちの見せてくれた国家を超えての彼らの友愛。あるいはカーリングの日本選手たちの敗けても明るい友好の姿勢。そうしたものに意味なく感動してしまっている外野としての僕たちの気持ちこそ、オリンピック開催の真の意義ではなかったかと今更のように思ってしまうのである。

がんばれ、真のスポーツマンたち。

（2022年3月23日号）

いつか来た道

ロシアのウクライナ侵攻のニュースに連日晒《さら》され、気づけばいつか心の底が、どす黒い鬱《うつ》に冒《おか》されてしまっている。

ウクライナの人々の悲痛な運命、ゼレンスキー大統領の孤高な闘いに、何かしてあげたいと思っても何も自分にできることのないもどかしさ。まったく一体どうしたら良いのだろう。

久方ぶりに空襲警報のサイレンの音を聞き、砲撃の破壊音と逃げまどう人々の姿を見せられて遠い悪夢がいきなり蘇った。この道はいつか来た道、この音はいつか聞いた音、この匂いはいつか嗅いだ匂い。プーチンという一人の狂人が、まるでヒトラーの亡霊のようにクレムリンの奥から立ち上がり、世界を破壊へ引きずりこもうとしている。悪魔の蘇生としか思えない。

第二次世界大戦時と大きくちがうのは、核という終着点が目の前にぶら下がっていることと、あの頃僕らが加害国の中にいて、一切の情報から遮断されていたこと。それは果たして今のロシア国民の置かれている立場と、どれ程のちがいがあるのだろうか。そこらの複雑な心の疑問、わけの判らぬ感情の起伏、どうしようもないものへの、どうしようもない焦《いら》つきが爆発しそうに体をゆさぶる何とも言い様のない絶望の想いである。

こんな悪魔の所業とも言える行為を、ロシア国民はどう思っているのだろうか。戦争反対のデモを叫ぶモスクワ市民の良識を棍棒《こんぼう》で殴りつける官憲の暴力の前に、結局泣くしかないのだろうか。習近平はそれを説得できないのか。

絶望に全てが打ちひさがれる。

そんなニュースをテレビで観ていると、突然その合間に、何の忖度《そんたく》もない能天気な日本のお笑い芸人の能天気なコマーシャルが遠慮《えんりょ》会釈《えしゃく》もなく次々に入ってくる。

いま悲惨な目に遭っているウクライナのゼレンスキー大統領は、元々あんたらの同業者であるお笑い芸人の出身なんだぜと叫びたくなるが、叫んでも仕方ない。そんな場面に自分らのおふざけが登場するなんて彼らは考えもしなかったろうし、それを責めるならそこらへの配慮を毫《ごう》も考えないテレビ局を責めるのが筋だろう。もっと言うなら、それを提供するスポンサーの不謹慎を責めるべきなのかもしれない。そう思って提供スポンサーの社名をノートに次々に書き留めていったが、空しくなってそれも止めた。

海の向こうに戦争がある。

家を、家族を失う人々がいて、彼らの泣き叫ぶ声がテレビで流される。

海のこっちには平和と豊饒《ほうじょう》があり、泣き叫ぶ声を涙で見ながら、次の瞬間コマーシャルに笑っている。

海の向こうから海のこっちに、いつ戦争は来るかもしれないし、放射能はいつこの岸に風が運んでくるかもしれない。止めようと思っても犯罪者は止めない。やりきれない。

プーチン暗殺を、ゴルゴ13に依頼したいが、さいとうたかをさんは死んでしまった。

天罰が下るを只祈るのみ。

（2022年4月6日号）

領土

１９３７年製作のフランス映画の傑作、ジャン・ルノワール監督の『大いなる幻影』を久しぶりに観た。第一次世界大戦中のドイツ軍捕虜収容所を舞台にした名画である。観ていてひどく心を打たれたのは、あの頃の戦争には、敵味方の間にまだ武士道というものが残っていたのだなァという奇妙にして懐かしい感慨である。

ロシアの今回のウクライナ侵攻には、そういうゆとりが微塵もない。自国の領土を拡げようという一国の独裁者の欲望というものは一体どこから芽生えるのだろうか。

かつて富良野に初めて住んだ時、市の役人に言われたことがある。おたくの隣の地主のおやじは、富良野三悪の一人といわれる、まことに根性の悪いヘナマズルイ奴で、注意してないと境界線の杭を夜中にそっと10センチくらいずつ動かして自分の土地を拡げようとします。充分気をつけて監視して下さい。

そんなことがあるのかと笑ってしまったが、ある夜、闇の中から怒号がひびき、隣のおやじと見張っていたらしい市役所のおっさんが、杭を動かした！ 動かしとらん！ で子供のような大げんかを始めて、あわてて仲裁に入ったことがある。

荒野を開拓し、大木の根を苦労して引っぱり出し、やっと自分のものにした開拓民の末裔は、そんなにも土地に固執するものかと妙に感心してしまったものだが、国の独裁者がそこをふるさととする住民を追い出し、自分の領土を拡げようとする感覚は、それとはかなり違うものだろう。戦時中に日本が満人を追い出し、開拓民を送りこむことで領土拡張を謀った満州開拓という歴史の汚点を思い出すし、もっと身近では自分たちのシマを少しでも拡げようと闘争するやくざの縄張り争いを想起する。人には己の領土を拡げたいという、どうしようもない本能が備わっていて、それは本来、野性のけものたちが己の餌場《えさば》を確保しておきたいという、縄張り保全の本能から始まったものと思うのだが、そのために人間の培《つちか》って来た文明、生物兵器やら化学兵器、あるいは核まで持ち出そうと画策するのを見ると、人類が決して利巧《りこう》な生き物でなく、最も愚かしい進歩を遂げてきた、どうしようもない代物だと思わざるを得ない。

そもそも人類の歴史を辿れば、かつて住んでいた先住民の社会には、土地を所有するという概念はなかった。彼らが先祖から受けついで来たのは、自分がそのシマから最小限の自然の恵みをいただいて良いというトラップライン（罠をかけていい土地）という縄張りであり、その小さな自然を保全し、子孫に渡すという極めて純朴な哲学だった。それをこわしたのは文明である。複雑化した人間の欲望である。結局のところ、その〝もっと、もっと〟という終着点を持たない欲望。それを捨てるという真の知性を持たない限り、人類は全てを失うことになるだろう。

（２０２２年４月20日号）

鬼

海の彼方でジェノサイドが起こっている。これでまた地上に新しい憎しみが、人の心に深い根を張るのだろう。

かつて動乱前のユーゴスラヴィアを秋山ちえ子さんと歩いたことがある。国の招待で招かれたのだが、その時リリアーヌという中年の女性が僕らの通訳についてくれた。日本語はかなりたどたどしいものだったが、実に人の良い気さくな方で僕らは大いに助けられ、〝何はなくてもリリアーヌ〟と大層重宝したものだった。

後で考えると、動乱寸前で国内はめちゃくちゃに乱れており、しかも物凄いインフレで、ザグレブを訪れた時などは、行きに払った高速の料金が、翌日帰りには倍額にはね上がっていて仰天した。後に一緒に食事をした観光大臣にその話をしたら、彼は驚きもせずニヤリと笑って、そうなンです。だから今こっちでレストランに入ったら、注文した時すぐ支払いをすませなさい、喰い終わるともう値段がはね上がっていることがありますと仰せられた。

そのリリアーヌと北から南へ、ドゥルブニクのある地方へ入る時、彼女の態度が急変し、俄《にわか》に全身で緊張し始めた。ココカラ南ノ人恐イ人タチデス。注意シテ！　何が恐いのかさっぱり判らず、何事もなく経過したが、帰国して程なくその辺りで民族紛争が起こり、あのことだったンですねリリアーヌの緊張は、と秋山さんと話し合ったものだった。

昨日まで隣人だったウクライナの街へ、ロシア人が雪崩こんで何の罪もない住民にジェノサイドを行う。この恨みと憎しみは今後容易に消えるものではあるまい。民族の性格にもよるのだろうが、韓国の人たちが日本に対し未だに憎しみを解かないのは、今のウクライナを見ると、やや判る気もする。彼らにとって日本民族は鬼の末裔に見えるのだろう。

鬼という言葉を考える。

桃太郎に代表される日本むかし話を見ても鬼は悪者の代名詞であり、それを退治するのは善なる行為だった。鬼退治は社会の正義であり、それを為《な》すものはヒーローだった。子供のころチラと考えたことがある。

鬼とは外国人のことなんだろうか。

鬼ヶ島とは外国人の住む地のことなのだろうか。

では鬼ヶ島には鬼しか棲んでいないのだろうか。悪い鬼しかいないのだろうか。

浜田広介の童話に『泣いた赤鬼』という作品があるが、鬼の中にも人の心を持ち、涙を流す鬼がいるのではあるまいか。

それが証拠にロシアの国内にも、今度のウクライナ侵攻に否を叫び、反戦を唱えて捕まったり、拷問されたり、国外に脱出したりする人がいるではないか。鬼の民族を全て鬼とくくってしまうこともよくないのだ。

破壊されつくしたマリウポリのマンションの廃墟に、窓に残されたカーテンだけが風にゆれている。昨日までそこにあった筈の家庭の団欒《だんらん》を想うと、何とも悲しい。

（2022年5月11日号）

科学者の罪

ウクライナの事変に投入される様々な武器。アメリカ及びNATO（北大西洋条約機構）諸国がウクライナに供与しようとしている様々な兵器。

プーチンの新兵器を列挙しただけでも、戦術ミサイルシステム「イスカンデルM」。空中発射型弾道ミサイル「キンジャール」。極超音速巡航ミサイル「ツィルコン」。海上発射型巡航ミサイル「カリブル」。初めて耳にする新兵器の名前がずらりと並ぶ。世界各国、公になっているもの、まだ我々の知らぬもの、全て含めたら一体どれ程の新しい殺人ツールが、今この地上に生まれているのだろう。

死の商人という言葉があるが、それ以前にこうした武器を考案し、発明し製作する〝死の科学者〟という恐ろしい人種が、いかに数多く存在するかを考えると、思わず身の毛がよだってしまう。

かつてダイナマイトを発明したノーベルは、己の発明したものの恐ろしさ、危うさに気づき、贖罪《しょくざい》の気持ちからノーベル賞というものを設立したと聞くが、いま新しい核兵器、生物化学兵器などを産み出すことに、己の智能を捧げている科学者たちは、そこのところを頭の中でどのように折合いをつけているのだろうか。新しく創らねば自国が滅びる。だから、という愛国心で発明するのだろうか。それとも金や地位をちらつかされて、哲学なき道へひた走るのだろうか。

いずれにしても、そうした新兵器をどんどん新たに産み出していく、哲学なき科学者を僕は軽蔑する。

かつてオウムサリン事件が発生した時、大学の化学を出た若い塾生に、サリンは作れるかと尋ねたら、ハイ作れます、とあっさり答えられ、思わず大声で作るな！　と叫んだ。

知識は世間を汚染しているのである。それを辛うじて抑えているのは、ヒトの良識と哲学なのである。政治の場ではそれがとうに崩れ、愛国心や面子や自我のために、あるいは情けない金銭欲のために、科学者が悪事に魂を売っている。これはもう明らかに、恥ずべき人格崩壊としか言えない。

１９３９年に作られた西部劇の名作、ジョン・フォードの『駅馬車』に、主人公リンゴ・キッドが悪漢と決闘しに行くためにシェリフに許可を求めるシーンがある。シェリフは許可する。「但し」とその時、一言つけ加える。

「但し、ピストルで勝負しろ。ショットガンは駄目だぞ。ショットガンは許されん」

たしかそんな風なシーンだったと記憶する。１９３９年の時点の倫理観では、使って良いものといけないものの境界線が、まだピストルとショットガン（散弾銃）の所にあったのだ。

その境界線がいま完全にずれてしまった。第二次世界大戦で核まで進み、更に今それが生物兵器、化学兵器へと非人道的手段へ向かってしまっている。それに歴然と手を貸しているのが哲学なき倫理なき科学者の頭脳である。科学者よ、貴方たちは何のために学問を学ぶのか。

（２０２２年5月25日号）

知床

知床で悲惨な事故が起きた。胸のふさがる想いである。

知床には何度も訪れている。

今回の事故の起きた北側の海へも漁師の舟で何回か行ったが、僕にとっては南側・羅臼側の土地に思い出が深い。

羅臼側には昔から、鮭漁、コンブ漁のための作業番屋が30ほどあり、知床岬から一番番屋、二番番屋と国定公園になる前からの古い番屋がポツンポツンと並んでおり、羅臼に残る最後の番屋がたしか33番だったか。忘れた。これらの番屋は国定公園に指定される前からあったので特別に存続が許されているが、ただし改装などはできない。

何年前だったか羅臼の友人の持つ三番番屋にカヌーを携えて1週間ほど滞在させても

らったことがある。漁閉期の番屋はクマの侵入を防ぐためにしっかり電柵で囲まれていた。何しろ知床のクマは頭が良くて冷蔵庫の開け方を覚えてしまい、焼酎「大五郎」の大瓶のキャップをひねって開けることを学習し、貯蔵してたのを全部飲み干してしまったとか。おひつの米と味噌を混ぜて喰うことを覚えてしまったとか。町の自販機をこわしてジュースのボトルを奪い出し、飲むことを覚えて弱っているとか。しかしその場合、ペプシコーラのみを狙い、コカ・コーラには手をつけないとか。野趣《やしゅ》満載の話ばかりで何とも豊かな1週間だった。

それからしばらくして知床は世界自然遺産に認定され、観光客がどっと押し寄せた。観光業者は大いに喜んだ。

それと前後して僕の年中行くカナダ西海岸のクイーンシャーロットアイランドも自然遺産に認定されたのだが、こっちは知床と対照的に、その島の原住民族ハイダインディアンが、自然遺産に認定されたのを機に、島を訪れる観光客の数を年間1200人と限定してしまった。1チームの観光客は12人以下。その12人が歩いた場所は、その後1～2年、人を入れない。自然の復活を待つためである。

このハイダの自然環境に対する意識の高さに僕は感動させられたが、こうした意識・哲学はカナダ全土に共通のもので、たとえばカナディアンロッキーの連なるアルバータ州などは、入州税を2ドルずつ取られる。こうした自然へのリスペクトの意識があの国の自然を守っているのだろう。観光客を経済でしか見ないわが国は大いに見習うべきである。今回、知床で事故を起こした知床岬の北端は岩礁だらけの海岸線である。そこからいきなり1000メートルを超える深い海底へと落ちこんでいる。知床全体がもし陸地にあったなら、大山脈の突端なのである。いわばエベレストやアンデスのような素人の入れない神の領域なのである。そもそも世界自然遺産というものが地球の変動の跡地なのであり、だからこそ、そこには普通では見られない荘厳な美しさが遺っているのだ。自然遺産とはそういう意味である。観光船からのぞけるからといって、神の領域をなめてはいけない。

（2022年6月8日号）

ヒトというけだもの

ドネツク地方、ウクライナの街々。

無惨に破壊されたあれらの街の情景を見ると、否が応でも70年前の破壊された日本を想い出してしまう。

それぞれの家族がそれぞれ一軒ずつ、火をともすように懸命の努力をし、やっと獲得した小さな倖せ。

苦労して金を貯め、家族の夢であった家を建て、とぼしい家計をやりくりして貧しい家具を集め、一家を築き、やっと手に入れた小さな倖せ。

その倖せが一瞬の空爆でアッという間に灰になった時の絶望。破壊された幸福。消滅した家族。そんな過去の日の残影が横切《よぎ》って、あのウクライナの惨状は他人事でなく心をしめつける。

戦争。

誰が一体こんな残酷を考え出し、そして冒してしまうのだろう。

しかも現代の科学の力は、かつての時代と比較にならない大量の人の死を一挙にもたらす。

軍人という職業殺人者。科学者という殺人道具の発明者・製作者。そして領土の為、面子の為にその暴走を止めようとしないもの。あの人たちに家族はないのだろうか。愛する子供はいないのだろうか。恋する人間はいないのだろうか。

ロシアは、プーチンは、人類は、もはや完全に狂ってしまった。

ナチズムとは国家社会主義を標榜する、ドイツで興った国家の公式イデオロギーである。ネオナチとは極右民族主義を源流とする政治運動、組織の総称である。その思想が仮によろしくないこと、あってはならないものだったとしても、人類という優れた筈の動物が、それを完全に否定するとしても、その命まで全て奪おうという行為は、僕にはどうしても蛮行としか見えない。それも無関係な庶民まで巻きこんで十把ひとからげに消そうという行為はあまりにも野蛮な暴虐《ぼうぎゃく》である。

しかし連日この残虐な戦いのニュースをテレビで見せられているうちに、何だかいつのまにかこの惨劇をゲーム感覚で見ている気になり、恋人が殺された、友人が死んだ、兄貴の体が千切れて飛んだという、切羽つまった感情よりも、ああまたロシアが盛り返したかとか、ウクライナは中々がんばっているなとか、遠いドラマを観ている気になっている、気がする。この麻痺感覚が僕には恐ろしい。

原野で生存を賭け、闘い合っている野性のけものたちに、こうした闘争はあるのだろうか。彼らは己が生き残る為に必死の闘いをしているだけなのではあるまいか。

それが証拠に、彼らは戦いのための、新しい武器など開発しようとしない。そういう方角へ頭脳を向けるのは、ひとりヒトという動物だけである。

してみると、人類という一種のけものは、最も愚かな生き物である気がする。

知・というものは何の為にあるのか。それを得んが為に親が無理して子供を大学にやる。

そんな社会が空しく見える。

（2022年7月6日号）

失せ物

人間は人間である以上、失策をすることは恐らく人生に一度くらい、誰でも犯した経験があるだろう。

忘れ物、あるいは失くし物。そういうことをしてしまって真っ蒼になった体験は大なり小なり誰にしもある筈だ。恥ずかしながら僕にもある。昔、ラジオ局に勤めていた頃、明日の朝からの放送用のテープを1週間分、紛失してしまって、それもどうやらまちがって磁気消却器で消してしまったらしく、ドーンと胸に鉛の玉が入ったような強烈な恐怖に襲われて、人生これまでかと思ったことがある。

この時は天才的神の啓示というか、言い方を変えれば悪智恵がひらめいて、何とか急場をしのぐことができたのだが、同じようなことをしてしまった某地方局のテレビスタッフが、責任感に耐えきれず、局の屋上から飛び下り自殺をしてしまったという話をすぐその直後に耳にして、一歩あやまれば、とゾッとしたことがある。

だから数年後の12月30日、某大新聞社の1人の記者が、デスクと一緒に蒼い顔で訪ねて来て、正月用の僕のインタビュー原稿を、カバンに入れて電車の網棚に置き忘れ、紛失してしまったと土下座したのに、僕は他人事でなく反《かえ》って同情し、もう一度インタビューに応じてあげたことがある。

仕事の帰りに酒を飲んで酔っぱらって、どこかで眠ってしまい、何万人の情報の入ったUSBを紛失してしまったという、どこかのサラリーマンの失態を、だから僕はそう簡単に責める気分にはならないのである。

勿論、そういう大変なものを、酔って眠ってしまって紛失してしまったということは、どえらい事件にはちがいない。当事者は責められても仕方ないだろう。しかし。

あんな小《ち》っぽけなUSBというものを、紛失してしまって大騒ぎになるのは、事態で言うなら鍵を亡くした、財布を落としたという年中、周囲に起こっている事態と、さほど変わらない失態にすぎず、その内容が大変なものだったから、これだけのニュースになってしまうので、むしろどうしてこんなちっぽけなものに世間をゆるがす、そんな重大なものが詰めこまれていたのかということの方に僕は恐ろしさと異常を感じてしまう。

ＵＳＢってあんな小っちゃなものに、そんな重大な情報がどうやっていっぱい詰め込まれているの？　何故？　どうやって！　どんな仕組みで？　と家人に問われ、「誰に向かって物を聞いてるンだ！　そんなことオレに判るわけないじゃないか！」と逆ギレしたような返答を返したが、世間の方々には、そこらの仕組みが、本当に判っておいでなのだろうか。

科学はどんどん発達し、その難解な複雑さの中で、判ったような顔してみんな生きている。でも自動車がどうやって動いているのか。電子レンジがチンという一瞬で何故あんな魔法を使うのか。

みんな判ってやっておられるのだろうか。

（２０２２年７月20日号）

肥担桶《こえたご》・考

老人の集まりで話をする時、肥担桶《こえたご》の話を枕にふると、俄《にわか》にみんな親しみの笑顔になる。昔の人は殆んどの男が肥担桶をかついだ経験を持っている。

家の厠《かわや》の肥え壷から柄杓《ひしゃく》でぐちょりと糞尿をすくい、それを2つの肥担桶に入れて天秤棒の両はじにかけ、かつぐ。それを畑に掘ってある肥溜めへ運んで流しこみ、溜めるのだが、天秤棒の両端に重い肥担桶をぶら下げて歩く、この歩き方に一寸したコツがある。うまく拍子をとって歩かないと肥担桶が変な弾み方をして、中の糞尿がピョンピョン跳ね飛び、運び手の衣服を汚すからである。

地方出身の方、70歳以上の方、会社の地位で仕分けするなら大体、役員以上の方はこの経験をお持ちの筈で、やったことのない重役がおられたら、それはまだまだ未熟者だと会社の将来を心配された方がよろしい。

老人の集まりでこの経験を問うと、殆んどがニコニコと手を挙げる。では野面《のづら》の肥溜めに落ちたことのある方、と問うと、3割くらいがうれし気に手を挙げ、手を挙げぬものは口惜しそうな顔をする。

戦前の日本では下肥《しもごえ》を野面の肥溜めに溜め、醸成させてそれを直接畑の作物に撒いたのである。日本では江戸の昔から、糞尿は重大な資源であった。

この習慣が壊されたのは戦後の占領政策からであり、GHQ（連合国軍最高司令官総司令部）は不潔であるからと、この習慣を禁止して代わりに外国産の化学肥料を日本の農村に売りつけた。以来、糞尿は単なる邪魔者、生活廃棄物となってしまった。しかし、と僕は真面目に考える。

今この廃棄物再利用の時代に、これだけ毎日大量に産み出される糞尿を、単なる廃棄物としてゴミ処理してしまって良いのだろうか。もしこの大量の物品を資源に化けさせることができたら、例えば1つの穀物を産み出せたら、地球の飢餓はどれほど救われるか。そんなことを考える科学者はいないのか。過去にそういう科学者が日本にいた。

中村浩という理学博士である。

博士はクロレラと自らの糞尿のみで、アリゾナの砂漠で３カ月生き延びた。ＮＡＳＡ（アメリカ航空宇宙局）からの要請で未来の宇宙食のために実験されたのである。不幸にしてこの方はもう他界されたが、この研究は画期的である。僕に言わせればノーベル賞ものである。

「食う」「出す」というのは食物循環の根元に位置するものである。ここに目をつけられたということは、まさに瞠目《どうもく》に値する。

ウクライナの騒動を見ていても、いま科学がヒトを殺すためのツールを、凄まじい予算と情熱をもって産み出している。

人間が科学というものを発明したのは果たしてこんなことのためだったのだろうか。こんな愚かなものを考える智恵と暇とが彼らにあるなら、トイレの中でじっくり考え、今出した身近なこの物質を、宝にすべく考えて頂戴。


（２０２２年８月３日号）

ポツンとひとり

コロナは一体どこまで行くのか。

世界各国がそれぞれ各様に、それぞれの国のシステム、人間性、あるいは性格の特殊性によって、国それぞれの方策をとり、効果を上げる国、効果を上げぬ国、成功したと思ったら失敗に転じる国、もう駄目かと思ったら立ち直ってくる国。グローバル化世界のむずかしさを露呈しながら、このウイルスに翻弄されている。

しかも地球が一団となってこの大敵に立ち向かうべき時に、他国への侵略を計る国があったり、経済制裁がこの星全体を新たな混乱へと導いてみたり。

他人事のように客観視するなら遂に人類はその驕《おご》りから破綻への道を歩み出したようだ。

この2、3年、僕は国家の命令に愚直に従い、国の言う通り人と接せず、知人と逢いたいという欲望を抑え、今は類のない非常時なのだからと、あの第二次世界大戦中の感覚を思い出し、耐えと忍耐の暮らしを送っている。

2年何カ月、山から出ていないし、訪ねて来る人間とは止むを得ず逢うが、それも殆んど断っている。情報ツールの進んだ今の世では、ある程度それができてしまうし、87年の人生を経た身には、孤独に耐えることもさして苦にならない。

鹿やキツネとは毎日逢うし、第一、毎日囲まれている植物の緑と接していれば、彼らとのつき合いが孤独を埋めてくれる。逆に言うと群れねば生きていられない、そういう人々に憐みさえ感じる。

テレビは毎週見る。ニュースはもちろんだが、娯楽番組も見る。必ず見るのは『プレバト!!』『開運！　なんでも鑑定団』そして『ポツンと一軒家』。

殊に『ポツンと一軒家』は、今の人類の集団生活、文化生活、干渉生活へのアンチテーゼのような人間生活の原点を見せられる気がして、まことに心地良い。精神が生き返る。

ここに出てくる単独生活者には、おおむねいくつかの共通点が見られる。

第一に、殆んどが老人であること。そして古来の生活様式を継承し、そのことに喜びと倖せ、そして満足を感じておられること。

第二に、今は限界集落になったその集落に生まれて育ち、子供のころは山間の道を4キロとか5キロ、時にはもっと長い道のりを、歩いて学校に通っていた経験を持つこと。

第三に、一度は町に仕事のために住み、それぞれ様々な事情を持って、Uターンして元々の生まれ故郷である生家の跡に戻って来ていること。

第四に、その殆んどが本来の家業だった第一次産業（農業・林業）につき、自給自足に近い暮らしを営み、またその術を身につけておられること。とにかく強い人間であること。

この人たちの暮らしの会話からはコロナのコの字も殆んど出てこない。彼らは現代の日本に住み、町の人達とも関係を持ちながら、ひとりぼっちで毅然と生きているのである。

こういう人をこそ、僕は尊敬する。

（２０２２年８月24日号）

牛のゲップ

尾籠《びろう》な話で恐縮なのだが、僕の周辺に40過ぎてから、やたらオナラが出るようになって秘かに悩んでいる元美女がいる。本人、相当に悩んでいるのだが、何かのはずみで括《かっ》約筋《やくきん》がゆるんでしまったのか、日常生活の中にあっても何故かプップッと音が出てしまう。この方の悩みを解消してやれないかと、当節流行りのＳＤＧｓを考えているうちに、物凄い資料にぶち当たってしまった。

人類が１日に出すオナラの量は０・０００２４９９リットル。この中に含まれるメタンを発電に使うと約２０２世帯の年間電気量に相当するという。それに対して牛のオナラ１日では３６０億リットル、２万６５０６世帯の年間電気量を賄えるという。更にこれが牛のゲップになると、１日１１１８兆２６００億リットルで、８７７１万世帯の年間電気量を賄えてしまうという。人間のオナラの7000倍である。美女が恥じらうことなどない。

豚もメタンを放出はするが、牛の場合は胃が4ケあるために、この排出量が異常に高くなるわけである。

ちなみに、工業型畜産が排出する温室効果ガスは、全温室効果ガスの18%を占めているとのことで、そのうち78%は、牛のゲップが出しているというから驚く。しかもこの量は、運輸関係すべての乗物から排出される温室効果ガスの排気量に匹敵するという。

アマゾン等を伐採して行われる工業型畜産が、多くの問題を起こしていることは知っていた。森林伐採、温室効果ガス、水、穀物の大量使用、抗生物質やホルモン剤の過剰使用、地球上の陸地の4分の1の土地利用、人獣共通感染症の発症、土壌劣化、水質汚染など、様々な問題を引き起こしている。

ハンバーガー1ケを作るのに、トイレ6ケ月分の水を使うとも言われ、1キログラムのステーキを作るのに、約1万5000リットルの水を使うともいわれている。

だが、牛のゲップがこれ程までに地球温室効果ガスを排出しているとは知らなかった。

昨今起こる異常熱波、線状降水帯の発生と洪水。あれらが昨夜焼き肉屋で喰べた牛たちの恨みのゲップに因していたとは！

一方最初に記したように、牛のゲップが含むメタンの量は、これを発電に利用するなら118兆2600億リットル。871万世帯の年間電気量となるという。現在、地球上の人口ならぬ牛口の数値は15億2593万9000頭に上るというから物凄い。

こんなデータに文系の僕が何故か偶然辿りついてしまったのは、近くにいる一美女の、オナラについての思考からである。

スマホ1つ扱えぬ僕のような愚者でも、こんな思考に辿りつくのに、世に数多いる理系の賢者はどうしてこういうことを研究しないのだろう。ドローンや殺人兵器を考える方が、金になるからそっちへ思考が走るのだろうか。牛のゲップの収集器を発明してくれる方が余程世のため人のためになるのに。

（2022年9月7日号）

抑える

政府は原発再稼働について、新しい指針を出して来た。ロシア・ウクライナ情勢などを見据えての電力逼迫を想定してのことだろう。

永いこと僕の中にもやもやと漂う一つの疑問がある。電力消費の増大は国の景気のバロメーターになるのかもしれないが、では果たしてそれは国民の幸福度のバロメーターになっているのだろうか、ということである。

日本の電力最終消費量（ｋＷｈ）を調べてみた。２００７年が最も多く、１兆６１３億。２０１０年は1兆３５４億だが、２０１１年の３・11を受けて９０００億台にやや落ちる。が、しかしその後それ以上極端に落ちることはない。

これを逆に過去はどうだったかふり返ってみると、１９７０年には３１２９億。

1980年で5119億と3分の1から半分程度の消費量である。

僕の常に持つ疑問というのは、この現在の消費量というものを絶対的なものとして、それを減らす、過去へ戻すという思考法が全くとられていないということである。重ねて言うが、電力消費量が多くなったということは、経済的に豊かになったということかもしれないが、では世の中の幸福度、幸福量というものは、果たしてそれに比例しているのだろうか。

先般、僕は『文藝春秋』誌上で、「貧幸」をテーマとして一文を書いた。それは主として世の高齢者に対する私見愚信だったが、それに対する反響は大きく、〝貧しくても倖せな〟暮らしを求める声は想像以上に大きかった。

コロナの蔓延以降ほぼ2年間、僕は全く富良野を離れず、女房と2人、森の中で非社会的暮らしを送っている。自動車免許を返納して以来、買い物に出ることも殆んどせず、電気の使用も最低限で過ごしている。しかしいたって幸福である。無論、現役の社会人達がそうはいかないのは重々承知だが、街のネオンがあそこまで明るく、日の出日の入りという地上の明暗にさからって文明社会の人間たちが天然の掟を破っている様を見ると、これが正しい社会のあり方なのかと、ついつい首をかしげてしまう。まして、それによって生じる電気の消費量、更にはそれがもたらしている環境問題、気候変動、天変地異。それらを外から見ていると、地上に生きている我々人類が地球の掟をどんどん破り、その報いとして起こっている様々な異変にアップアップしている愚行としか思えない。

そうした愚行の明白な例として今僕が常々思ってしまうのは、今の電力消費量を少なくすることを誰もが忘れてしまったとしか思えない、経済主体の物の考え方である。明るくできるから明るくする。速くできるから速くする。もっと儲かるからもっと儲ける。余りにも稚拙な行為ではないのか。そんなことより〝できるけど、しない〟〝可能ではあるけど自己を抑える〟。その方が余程知性あるものの、とるべき態度といえるのではあるまいか。

（2022年9月21日号）

最期の問題

国立社会保障・人口問題研究所の将来推計によると、現在日本人の全人口が1億2278万人に対し、2030年には1億1662万人、60年には8674万人にまで減少すると見込まれているという。

これに対し、総務省ならびに内閣府調べのわが国の高齢化状況は、65歳以上の人口が3621万人（2021年10月1日現在）。同年同日の全人口1億2550万人に対し28・9％という数字になる。アバウトに言えば30％である。この高齢化率は、世界最高水準であるのみならず、群を抜いて高い数字であるらしい。

世界の人口はどんどん増加の一途を辿っているというのに、日本の人口はどんどん減っている。いわば絶滅危惧種への道を辿っている。にもかかわらず、老齢化率だけがどんどん進んでいる。この不可思議な文化国家を、一体どのように受けとめたら良いのだろう。

どうも1回見ただけでは信じられないデータなのだが、これを別のデータ、即ち65歳以上の高齢者一人を15歳から64歳の生産年齢人口で支えるとすると、2025年では2人で1人を、2055年には1・3人で1人を支えねばならぬという計算になる。1000兆円の借金のある国が、とてもこんなことをできるわけがない。やはり日本という能天気な国は絶滅危惧国家だと思わざるを得ない。

若い人たちは、はるか先のことだと呑気に考えているかもしれないが、人間齢をとり、子供がそれぞれ独立して家を去り、そんな筈じゃぁなかったのに、かつて若かった妻が齢をとり、老妻老夫の孤独な暮らしになると、豊饒《ほうじょう》のツケが突然訪れる。

我が旧友にもその日が不意に来た。

明るく豪快、大会社の社長だったその男がふいに夫人が病にとりつかれ、おまけに認知症まで発症してしまったから70後半まで悠々自適に楽しんでいた暮らしが一挙に暗転してしまった。

昨日までの豪快さが影をひそめ、一転暗鬱な暮らしになってしまった。

倖い、しっかりした娘や婿、息子と嫁が近くにいて色々やってくれるのだが、夫人は遂に寝たきりになり、訪問介護士は来てくれるものの、身の廻りは全て彼がやらねばならない。こうなると男は、殊に社会で身分の高かった男の、家庭内における非力といったら、見るも無残にして哀れなもので、全てが初めての経験となる。

苦しむ夫人のそばに常にいて、苦しめば起きて面倒を見なければならない。下《しも》の世話も一切しなければならない。おむつの交換、ハンディウォッシュという新兵器の存在、そんなものまで事細かに教えて、それでも眠れない妻への愛情に疑問を感じ始めた、などと情けない泣き声を呟くから、日記でも書いてごらん。文章を書くと心が休まるよと教えてやったら、息も絶え絶えに書いてきた文が
「おむつは　愛の　登竜門」

高齢者の苦しみは最期に来るのである。


（２０２２年10月５日号）

國葬

エリザベス女王の國葬の様子が世界中のマスコミで報道された。

96歳という女王の人柄。世界中の人々に愛され、認められたその人格と、今は亡きかつての大英帝国の威信と伝統を示すその重厚な儀式の模様は、いわば一つのレガシーとしても人の心に残り続けるものであろう。

さて、運悪くも、時を同じくして行われた海のこっちの当国の國葬。

対比するにも哀れすぎる。

選挙期間中に凶弾に倒れた元首相の葬儀を國葬で行うと宣言してしまった施政者たちの発言は、国民の半数以上が、反対の声を挙げていたというのに、もはや引っ込みがつかなくなって挙行への道をつっ走ってしまった。

コロナの蔓延、経済の困窮、いわば半分首が廻らなくなっている現状の日本が、国民のさし出す何十億円の税金を使ってまで、こんな行事をすることがあったのだろうか。岸田文雄さんという総理大臣に、僕は決して悪意を持つものではない。むしろ好意すら持っている。只、最近の支持率の急落を見るにつけ、もしも本当に聞く耳をもつなら、この際、一度は宣言してしまったものでも、恥を忍んで断固撤回する勇気を持つべきではなかったかと僕は思う。それが本当の世論に対する政治家の〝聞く耳〟というものではあるまいか。

モリカケサクラ。斃れた元総理は、そうでなくても様々な疑念と不信を国民の中に産んできた。いくら最長期政権といっても、エリザベス女王には比ぶべくもない。ましてその後に噴出している旧統一教会（世界平和統一家庭連合）問題を見る時、果たしてこの元総理が国葬に値する人物かということには、更なる大きな疑問符がついてくる。

凶行に及んだ暗殺者の行為は、断固許されるべきものではない。それ自体は当然、民主主義社会を破壊したものとして徹底的に裁かれ、断罪されるべきものだろう。しかし。

あの凶行がもしなかったら、我々は旧統一教会問題というものをどのくらい認知できていたのだろうか。選挙というものがあれ程その裏で一宗教の力を借り、世の中を動かす政治家の選別に、あれだけの力が加わっていたのかということを、明らかにされて僕はゾッとする。

しかもそのおかげで議員に選出された、決して少なくない政治家というものが、そのことにさしたる罪の意識もなく、この國を動かしていたという現実に、呆れるというより恐怖を感じる。

議員になるのは就職なのだろうか。

國を動かして行くということを彼らはどのように考えているのだろうか。そう考えると僕はあの凶行に及んだ犯人が、犯罪は犯罪として不謹慎ながら、ある種、一石を投じた者にさえ見えてくるのである。

いずれにしても國葬とするには無理があったのではあるまいか。エリザベス女王の國葬の後に、この國の國葬は余りにも恥ずかしい。

（２０２２年10月19日号）

Noblesse oblige

僕が社会に出て放送局に就職した昭和30年代。電通は単なる広告代理店だった。高校時代の友人が2人ばかり就職したが、就職したということだけで、さほど話題にもならなかった。

広告代理店という職業が、そもそも世の中にまだそれほど認知されておらず、スポンサーの宣伝業務をマスコミにつなぐ、いわば仲介役といった程度の認識で、電通、博報堂、オリコミ広告、第一広告といった、いくつかの大手スポンサーの宣伝広告を専門的に仲介する、といったいわば仲介業的認識しか僕ら放送局の下っ端にはなかった。

それが突然脚光を浴び、代理店間の熾烈な競いの後に、電通・博報堂という二大代理店の時代を経て、電通が社会に圧倒的王者の地位を築いたのは、一体いつ頃、如何なる手段によるものだったのだろうか。

僕のような制作一筋、社会経済音痴の輩には深い事情はさっぱり判らぬが、高校時代の同窓生から洩れ聞いた当時の電通内に貼り出されていたという広告戦略十訓というものは、当時僕らが腰を抜かすような、鮮烈過激な檄文であった。曰く

もっと使わせろ！

捨てさせろ！

ムダ使いさせろ！

季節を忘れさせろ！

贈り物にさせろ！

組み合わせで使わせろ！

キッカケを投じろ！

流行遅れにさせろ！

気安く買わせろ！

混乱をつくり出せ！

いま読み返してても唖然としてしまうが、その後、数十年、現在に至るこの国の社会は、まさにこの社訓に見事に乗せられ、その通りに進んでしまったように思う。

それまでの社会は全く違っていた。

ムダ使いをするな。物を捨てるな。こわれたものは直して使え。

言うことが全く逆だったのである。そしてその節約こそ善という思想をひたすり込まれ、その中で育ってきた。

更にその後の情報社会を席捲するテレビという巨大メディアにあっては、その基礎となる視聴率調査において対抗馬であったニールセンを蹴落として、今や電通の後押しするビデオリサーチが一手にその調査を仕切るようになった。テレビは電通の掌中《しょうちゅう》に入り、その混乱の中でテレビソフトはどんどん俗悪・理解不能の混沌へと堕している。

まさに電通という会社は今や、政治・経済の中枢と結びつき、手のつけられない巨人となってしまった。

巨人となるのはかまわない。それは結構なことであると思う。だが、怪物になることは困る。

今回のオリンピック汚職の問題を見て思うのは、倫理なき巨人が足を踏み外し、怪獣の道を粛々と歩む、何とも見苦しい醜い姿である。

政治家にしても経済人にしても、大きくなったらなっただけ、あの言葉を今一度思い出して欲しい。

Ｎｏｂｌｅｓｓｅ ｏｂｌｉｇｅ！ 巨人の抱くべきそれは義務である。

（２０２２年11月２日号）

朝令暮改

旧統一教会（世界平和統一家庭連合）に関する岸田文雄首相の発言が、朝令暮改であるということで物議を醸している。朝令暮改。朝発令された政策が早くも夕方には変更されている、といった意味の、そもそも中国の故事からの言葉である。対比語を探すなら首尾一貫。もっぱら悪い意味で使われている。だが、これに反論する言葉もある。「法律は、朝と夜とでは同じではない」。17世紀のイギリスの識者、ジョージ・ハーバートの警句である。

だが今僕が気になるのは、朝令暮改という言葉がこの国において、そんな悪い意味にだけとられて果たして良いのだろうかということである。

かつて富良野で塾を持ち、何十人の塾生を教えていた時、僕の思考は常に変化した。

昨日こうだと教えていたものが、よく考えてみるとどうもちがう。だから今日言うことは昨日と逆になっている。朝言ったことがよく考えると、まちがえていたように思えてくる。いや、はっきりとまちがっている。だからそんな時ははっきり謝り、訂正する。昨日言ったことはマチガイ！　今日言っていることが正解！　すると生意気な塾生が呟く。朝令暮改だ！　そこでこの僕は開き直る。

朝令暮改、何が悪い！

昨日の自分の発言を、君らの意見を真摯に受けとめ、じっくりもういちど考え直した揚句、どうも誤っていたように思えてきた。故に考えが変わってしまった。だから昨日と逆の発言になってしまった。発言が昨日と変わったということは、そんなに悪いことなのだろうか！

人間の考えは思考するうちに１８０度転換することがよくある。更に考えると、また１８０度転換し、元の考えに戻ってしまう。人の考えはこれをくり返す。だがこの１８０度の転換は同じ地点に戻っているのではなく、平面的でなく立体的にみれば、いわば螺旋状に元の位置から上昇しているのであって、これを哲学用語で言えば「止揚」

―アウフヘーベンということになる。朝考えたことが夜逆になるのは、決して恥ずべきことではなく、いわば上昇の一過程なのである。

塾生たちは煙にまかれた気分になったらしいが、僕は結構大真面目だったのである。国政論議を聞いていていつも思うのは、与党は与党、野党は野党の主張を常に絶対曲げずに言い張り、相手の意見に全く耳貸さず、自身の意見を貫き通すことである。

首尾一貫と言えばその通りだが、それで果たして彼らの脳味噌は本当に回転しているのだろうかと、愚者である僕などは思ってしまう。野党は首相の発言を朝令暮改だと激しく責めるが、それは首相が自らの昨日の論を訂正し、あんた方野党が正しかった、と訂正したのだから、野党は、でしょう？　判ってくれました？　と只それだけで済む話なンじゃないンだろうか。

朝令暮改。結構じゃないか。それを責めることで手柄をたてた気になり、又ぞろ血税を浪費して欲しくない。

（2022年11月16日号）

戦争

戦争について考えている。殆んど毎日考えている。ウクライナのことがあるから仕方ない。

10歳の頃までどっぷり戦争に漬かっていた。小学生の間は戦争漬けの毎日だった。良いも悪いも仕様がない。日本という国が戦争という、いわば樽の中に漬けられ、家族も社会も上からしっかり漬物石で抑えられ、その中でブツブツ発酵するという酵素反応の真っ只中にいたのだ。

小学生の頃、学童疎開の宿の片隅で、若い先生に説明された。大きな声じゃあ言えないが――酵素反応の只中にあっては、真理は小声でしか言えなかったのだ。大きな声じゃあ言えないが、戦争ってもんは言ってみりゃ喧嘩だよ、大がかりな喧嘩。それを世間じゃ戦争っていうんだ。大東亜戦争は大東亜大喧嘩。世界大戦は、世界的大出入り。この説明は中々芯を喰っていた。

戦争の原因を考えてみる。

領土の拡張。面子の立証。腕力の誇示。金銭への欲望。いずれも最初は些細な原因だ。それがナポレオンだのヒトラーだの豊臣秀吉だのプーチンだの、一人の人間の異常に巨大な発酵装置を持った漬物樽に詰めこまれると、不思議なエネルギーを持った説得不能の発火物となる。これが戦争という化け物の正体ではないかと、僕は漠然と考えている。

要すれば、発火点は単純であり、古今東西さほど進歩はない。問題はその形態。弓矢や棍棒《こんぼう》で殴り合っていた時代とちがい、科学というものを手に入れた人類が、その科学を戦争の道具として用いるようになってからの、戦争の形態の急変である。

汚れた兵器、という何とも物凄い言葉が生まれてきたが、核兵器、生物化学兵器に始まるこんな恐ろしい武器の数々を世に産み出してきた科学者という人種は、明らかに地球を破滅へと誘導する〝犯罪者〟として扱われねばならない。

その昔、サルに文明の利器を与えたら、というある種、寓話的譬《たと》えがあったが、哲学なき倫理なき科学者の発生は、まさにこの譬えを実施している。そして金さえ儲かればと、それにすぐ飛びつく商売人。言い方を変えれば経済人。

それでも何とか喰っていかねば、一族郎党を喰わしていかねばという哀しい義務感が、倫理を捨ててもそっちへ走らせる。

国の代表たる国会議員が恥も外聞も捨て、票のためなら当選のためなら、就職のためならと旧統一教会（世界平和統一家庭連合）の組織票に縋《すが》る、そんな情けない世の中なのだから致し方ないと諦めてしまう。そう思う自分が何とも哀しい。

戦争のもたらす無限の悲劇を、人類は本気で考えているのだろうか。

先人が血と汗で創り上げたものを破壊し、必死に成り立たせた環境を破壊し、それでも破壊の後には復興があると新たなビジネスチャンスを狙う者がいるなら、もはや人類に生きる価値はない。

（2022年12月7日号）

墓仕舞い

終活を一応終え、やれやれと胸を撫でおろしたら今度は墓仕舞いという、ややこしい問題が浮上した。

そも、御先祖にそんな墓があるなんてことを知らなかった。僕の母方の墓である。

母は京都の生まれであると昔から全く疑いを持っていなかった。物心つくころから母は里帰りにいつも京都に僕を連れて行ったし、宮川町の中にある、えびす湯という銭湯に僕を連れて行き、脂粉の香りで蒸せかえる女湯に母に抱かれて行くのが習慣で、幼心に目の前に林立する芸者衆の逞しい太腿が恐くて母の胸にしっかり抱きついていたものだ。

母の実家は大和大路松原という名刹・建仁寺《けんにんじ》のすぐ脇で医者を開業していたわけで、

祇園・建仁寺、宮川町という、いわばなまめかしい京都の一角が母方のふるさとと思い込んでいたのである。

その思いこみの覆ったのが今から40年ばかり前。歴史好きの些か迷惑な母方の従兄が、ある日突然電話をして来て、判ッタデ判ッタデ！　うちのルーツは京都やない、佐渡や！やっと突きとめて行ったら偉いことや！　佐渡の古刹の境内に何代にもわたる、でかい墓があって、それを100年間放っぽいとったから住職カンカンに怒っとって、どうする気じゃ！　と手がつけられん！　あんた、すぐ行って話つけてぇな！　そうのたまって何とその従兄は無責任にも程なくコロッと逝ってしまったのである。

仕方なくその墓の面倒を、その後僕が見ることになってしまった。詫びに行くやら墓参りに行くやら、永代供養の金を払うやら、全く面識も何もない御先祖の面倒を40年間見てきたわけなのだが、さてこの責任者たる僕の妹弟が、一人は死にかけ、一人は呆けかけている。即ち僕が何とかせねばならぬ。そも、あの物好きな従兄奴が余計な探索をしないでくれれば、こんなことにはならなかったのにと思うが、今更ボヤイたって始まらない。それで齢88歳にもなって、今また悩み事を抱えてしまった。

無責任な周囲は放っとけというが、そうもいかない。それではお寺さんに申し訳ない。そこで密かに調べてみると、半分何の関係もなかった筈のこの墓仕舞いの費用というものが、どうも半端でないことが判明した。

供養とかお礼とかにかかるものは別として、墓石の撤去が大変である。それもウチのは、かなりの敷地に、まずバカでかい苔むした墓石。これが何トンの重量になるのか。それを囲むように数基の墓石。これらを移動し撤去するのに、かなりの重機が必要となる。それだけでもお寺サンは大変だろう。そう思うと子孫として放っとくわけにいかない。

さて、そこで一方、いま僕自身が富良野に墓を建てようと考え、御丁寧に何年か前、市から墓地の土地を買ってしまった！　すると周囲がバカでかい岩を山から掘り出して運びこんでしまった。この矛盾!!　一体僕の死後、この始末は誰がどうつけるのか。天から見ていよう。

（2023年1月11日号）

吹雪

例年にない大雪で東北から上越は大変なことになっているらしい。吹雪に閉じこめられ、十何時間も車の中に閉じこめられたお気の毒な方々の報道が12月20日の今朝も朝からテレビに流れている。

吹雪に閉じこめられた恐怖と孤独。

経験したものにしか一寸判るまい。僕には何度かその体験がある。

26年間続けた富良野塾という私塾。その塾地は家から二十数キロ。十勝山系の山合いの谷にあり、僕は毎晩車を馳《か》って、夜その塾地に1人で通った。ルートは2つあり、八幡丘という丘陵地帯を走る道と、麓郷《ろくごう》という小さな聚落《しゅうらく》を経由して谷間を走る川沿いの道である。授業は毎晩夜行うから、帰路に着くのは深夜の12時前後。普段は八幡丘の道を通るのだが、吹雪の夜は吹きっさらしのその道を避け、麓郷を通る谷間の道を選んだ。

その夜は遅くから雪が降り出し、11時過ぎから猛吹雪になったので、いつものように麓郷の道を選んだ。ところがその夜の吹雪は厳しかった。

塾地のある谷から村道まで2キロほど。もうその間の道が吹きだまりを作り、頑丈な四駆車が何度もスタックした。いつもなら5分ほどで抜けられる道を10分以上かけてやっと抜け出し、アスファルトの村道を右へ曲がって麓郷方面に走り出した頃から、吹雪は本気で僕を標的にし始めた。

日中でも交通量の殆どない道。まして、そんな時間に通る車などない。

吹雪の恐ろしさは降ってくる雪より、地上に積もった雪を風が舞い上げる、ホワイトアウトの恐怖である。たちまちその白一色の世界に巻きこまれた。こうなると、もうカンで走るより方法がない。

除雪のための標識として立つ赤白まんだらのポールだけが頼りだが、そのポールさえ目をこらさないと見えない。道の両側は吹きっさらしの畑地だから、そこへ落ちないように、ゆっくりゆっくり次のポールを求めて走る。村道へ出てから平時なら10分もあれば麓郷の聚落へ着ける筈の道が、15分たっても20分たっても聚落の影が現れない。

道をまちがえる筈はないのだがと、不安に襲われた次の瞬間、目の前にいきなりバスと覚しき大型車のテールライトがボオッと現れ、思わず反射的にブレーキを踏んだ。吹きだまりにつっ込んだ回送中のバスだった。風に押しつけられた扉を押し開け、車から出てバスの運転席を叩いた。

窓が少し開き、運転手が怒鳴った。ダメだァ！　この前に3台ほど車が埋まってる！　どうにもならん！　待つしかねぇわ！　それで車によろめきつつ戻り、必死に扉を開き、中へ倒れ込んだ。轟という吹雪の轟音と風にゆらゆらと動かされる車体。エンジンを切り、ライトだけつけて後続車の衝突を避ける手配だけをしたら揺れる車体が船酔いに似た症状を起こさせ、思わずウッと吐き気を催した。雪がどんどん車体を埋め始める。あの夜の恐怖は今も忘れない。


（2023年1月25日号）

アパレル

年明け早々、意外なデータに遭遇した。

国連貿易開発会議（ＵＮＣＴＡＤ）という国連の下に置かれた国際機関がある。この機関が最近発表した「環境汚染産業」の第1位は石油産業である。石油精製に伴う排ガス、油田随伴水、油田周辺の土壌汚染などを考えると誠に納得の結果である。びっくりしたのは第2位である。これがアパレル産業なのだという。

たとえば我が国における現状。環境省が初めて行った調査で明らかになったところでは、国内で1年間に供給される衣服35億着の、製造から廃棄までの工程で排出される二酸化炭素は、推定９５００万トンになるという。これは中小国の1国分の排出量に匹敵する。日本の衣服の98％は海外からの輸入によるものだということで、９５００万トンの9

割は海外で排出されていることになる。

同時にこのアパレル産業は、地球の水環境にも大きな影響を与えており、原材料となる綿栽培などに使われる水消費量は83億立方㍍で、世界の衣服業界全体の9％に当たるという。更に、化学繊維は石油から作られており、現在衣服の60％はナイロン、ポリエステルなどの繊維状プラスチック。これが洗濯の度にマイクロプラスチックとなって下水から流れ出し、海を汚染する。

環境省によると、日本人1人が年間に購入する衣服は平均18枚。手放す衣服は12枚。クローゼットやタンスに眠る服は25枚、ということだそうで、大量生産、大量消費、大量廃棄というこの国の歪み、人類の歪みが、実に鮮やかに見てとれる。

衣類とはそも、寒さ暑さから身を守るもの、あるいは外傷から身を守るものとして必要だから生まれたものである。それがいつのまにかファッションという美の奴隷になってしまった。それも極めてトンチンカンな形でである。

新しいジーンズにわざわざ穴をあける。さも使い古したと言わんばかりに革のジャンパーを石でこすり、着古した形を演出する。ムリである。着る者の顔に人生の履歴が刻まれていないのだから古びた革ジャンが合うわけがない。

40年ほど前に富良野塾を始めた時、都会からやってきた青白い若者共が、初めて農作業で地べたに這いつくばり、腰を痛めるものが続出した。何故なのか、その理由が最初判らなかったのだが、農家の御主人に指摘されてやっと判った。あいつら自分の身体より、ズボンを汚すことを恐れとるんだわ。だから膝つきゃあ、ずっと楽なのにズボンを汚すまいと変な中腰で作業しとるんだわ。あれじゃあ腰に来るわ。あいつらにはズボンと自分の身体と、どっちが大切か判っとるんかね。

ヒトは服の意味が判らなくなっている。

フランスでは2022年1月、衣服を捨てることの禁止令が出され、違反した者には1万5000ユーロ（約2040万円）の罰金が科せられることに決まったそうだ。

（2023年2月8日号）

後、90秒！

世界終末時計というものがある。

核戦争とか環境破壊による人類（世界、地球）の絶滅まで、後どのくらいの時間があるかを、象徴的かつ科学的に推測した時計である。アメリカの雑誌『原子力科学者会報』の、表紙として使われている。

日本への原爆投下から2年後、冷戦時代初期の1947年から、表紙絵として誕生した。以後、専門家などの助言をもとに、同誌の科学・安全保障委員会の議論を経て、毎年一度、「時刻」の修正が行われている。

1947年、スタート時には、午前零時の終焉時刻の7分前を長針は指していた。その針がその後、社会の変動によって進んでみたり、戻ってみたり、1年ごとに目まぐるしく変化する。

これまでに最も戻ったのは1991年。ソビエト連邦崩壊とユーゴスラビア連邦解体の年であり、この時は7分針が戻って、地球終末まで17分となった。

ぐんと長針が進んだ年もある。

1949年、ソ連が核実験に成功し、核兵器開発競争が始まった年には一挙に4分時計の針が廻り、終末まで後3分と表示された。

しかし1963年、米ソが部分的核実験禁止条約に調印すると、長針はズズッと5分間戻り、終末まで後12分と少し我々をホッとさせた。

その後、長針は1年ごとに戻ってみたり、進んでみたり、微細な進退をくり返し、最もこれまででホッとさせてくれたのが1991年。7分戻って17分前になった例のソビエト崩壊の年である。

この終末時計が、本年2023年、突如これまでにない進み方を示し、何と残すところ後90秒！　一挙に10秒も進んでしまった。

理由は数多ある。

ロシアのウクライナ侵攻による核戦争のリスクの増大。また、この侵攻がもたらしたチェルノブイリ、ザポリージャ原発周辺の紛争による放射性物質の汚染リスクの増大。更には2026年に控えた米ロ間の新戦略兵器削減条約の失効。北朝鮮のミサイル発射や中距離弾道ミサイル実験の開始。更に更に気候変動や新型コロナウイルスの蔓延と、それらのリスク軽減のための国際的な規範や機関の崩壊。

ついでに言うなら我が日本まで、あの戦争放棄の大宣言を棄てて、世界を覆う戦争の波に、気づけばいつのまにか巻き込まれようとしている。

後、もう90秒！

そのさし迫った時限の中で、誰も真剣に考えようとしない。いや、考えようとしている者はこの広い世界にいるにちがいないのだが、その良識と哲学の叫びが一向我々の耳にとどいて来ない。聞こえてくるのは私利私欲と面子。けちな豊かさへの執着ばかりである。

終末時計はコチコチと動いている。

後90秒。その秒数は、今も確実に針を動かし、後80秒、70秒と、終末への時を刻んでいるにちがいない。さぁ、どうする。

(2023年2月22日号)

冬眠

北海道新聞にこんな言葉が載っていた。

「ヒグマに生まれて冬眠したかった」

札幌で生活保護を受けて一人暮らしをしている初老の男性の言葉である。心臓に持病があって働けず、10年前から生活保護を受けている。この冬の寒さは久しぶりに厳しく、日中も零度を下廻る中、室内で防寒着を着、灯油ストーブを「一番小さな火で」つけている。そのストーブが壊れてしまい、購入費用1万3590円の臨時支給を札幌市に申請して却下された。

2019年、生活困窮者向けの弁護士費用立て替え制度を使って提訴したが、昨年11月30日、札幌地裁はその訴えを退けた。判決理由を裁判長は「生活保護を受けていない家庭も、家具の買い替えのために家計をやりくりしている」とした。その判決後に男性が出したのが、前記した悲しい声明文である。

「私はヒグマに生まれたかった。

ヒグマになって冬に冬眠したかった。

ヒトとして生きることは苦しく、悲しく、痛い（後略）」

記者はこの後にこう続けている。生活保護利用者の窮状を訴えると、批判の声が多く届くという。「私の生活の方がもっと苦しい」「もっと生活費を削っている」「甘えているのではないか」。そして記者はこう書き加える。政府は防衛費を倍増させて２０２３年度から5年間で約43兆円とすると決めたが、ミサイル一発分のお金でストーブは何台買えるのか。

全く以って同感である。

更に言うなら常に言われている議員定数。あの議員たちの数を減らすなら、一体何台のストーブが買え、何人の部屋が暖まるのか。

更に更に愚者の愚見を述べるなら、人類は進歩した科学力を以って、つまらぬ豊饒《ほうじょう》や兵器の開発を推し進めるより、人類がこの厳しい寒さを乗り越えるために、冬の間は何もせずにヒグマのように穴にもぐって冬眠してしまう。そういう術を優れた頭脳が、どこかで真面目に研究開発してくれないものか。

その間、地上からあらゆる欲が、きれいさっぱり消え去るわけだから、大気はきれいになり、騒音は消え、地球の環境はかなり清浄化されるにちがいない。戦争も起こらず、温暖化も止まり、環境問題にかなり寄与して人類を除く動植物は、見ちがえるように元気をとり戻す。

そんなことになってくれれば良いがと、雪降る深夜ぼんやり考えるが、さて現実にそんな可能性はあるか。

ヒトという種族には、どこかに必ず、チャンスを狙う裏切者がいて、そういう輩は人類の何割かが冬眠してしまったら、これぞチャンス！　と、その隙を狙って燃料は奪うは、土地も奪うわ、それこそ地上を今の何倍も、荒れ果てた大地にしてしまうにちがいない。冬眠から目覚めたら、いつの間にか国名も「ルフィ」と改まっていたりして。おちおち眠ってもいられないのである。

（2023年3月8日号）

異次元の改革

異次元の改革、という言葉を政治家が時々口にするが、どうもあんまり異次元という気がしない。その言葉を使うなら、かねがね僕の思っている1つの異次元の改革案がある。少子化対策と高齢者対策をひっくるめた日本の社会の改革案で、ジイさん、バアさんの問題である。

人間の寿命がずい分永くなったのに、65歳以上は高齢者というらしい。高齢者は国から年金をもらい、いわば社会のお荷物となっている。一方、新しく生まれてくる子供。共稼ぎ夫婦が主流になって、この新生児の養育問題が保育料やら幼稚園やら、そのための子ども手当なんてものまでできて、こっちはこっちで金がかかる。子ども手当と高齢者の年金。2つのお荷物が社会の首をしめている。双方を分離してしまったからである。

昔の日本は些かちがっていた。

お伽噺《とぎばなし》というものがある。伽とは相手をつとめることで、お伽噺とは大人が子供の相手をつとめる、即ち寝かしつけるために話してやる寓話である。この語りは大概お定まりの文句で始まる。昔々あるところに、おじいさんとおばあさんが住んでいました。お父さんとお母さんが住んでいたという語り出しは聞かない。そこから推し測るに、語っているのは爺さんか婆さんで、寝かしつけているのは孫と思われる。

では、父さんと母さんはどこにいるのか。まだ働いているか、出稼ぎに行っているのだ。だから孫の養育という大仕事は爺婆の老後の仕事であり、それ自体、老人の生き甲斐になっているのである。

一組の男女が夫婦になり、子を作る。夫の側と妻の側、それぞれに爺婆がいるわけだから養育係は各戸に4人いる。それぞれ孫の面倒を見たくて、うずうずしている。この老人たちに孫をまかせれば、保育所に払う子ども手当は不要になる。いや、国がどうしても支払いたいなら、それは両親に支払うのではなく、面倒を見る祖父母に国から直接支払うべきである。そうすると年金に加えて収入ができ、老人の暮らしは多少楽になる。

この日本古来の美しい習慣が壊れたのは、子供は自分たちの産物であって、もともと自分の親たちの二次産物であるという大事なことを不遜にも忘却してしまった親たちの勝手な錯覚にある。昔の社会には、こんな傲慢《ごうまん》な錯覚はなかった。

今の日本では若者が都会に出て、そこで番《つがい》の相手を見つけ、都会で子供を作ってしまうから爺婆は遠い田舎にいる。したがって爺婆に預けられない、という事情があるにちがいない。そんなケースでは、できた子供を田舎に送り、自然の中で育ててもらえば良いのだ。

富良野塾という私塾を二十数年やり、300人以上の子どもを二十数年預かった。若い親に育てられた若者と、経験ある年配者に育てられた若者では、一目瞭然、モノがちがった。老人には人をきちんと育てる経験智が充分あるのである。

（2023年3月22日号）

根に持つ

どうして人間は自分の欲望を満たすために、こうも戦争を起こすのだろう。ウクライナに対するプーチン・ロシアの侵攻を見ていると、神は人間を創造されたとき、領土欲という特異なウイルスを人間の脳の奥底に埋めこみ、それが異常に濃密に増殖した人間が時々世に現れ、騒動を起こす。そういう仕組みに創られたとしか思えない。

独占欲と面子と不寛容。こうした病原体が一体となって、人間の遺伝子に組み込まれている。そういう生物が脳を肥大化させ、科学技術という武器を手に入れて、他の種を圧迫し、戦争を始める。

こういう生物は地上に珍しい。

ライオンでも虎でも鮫でもワシでも、己の種族の存続のために、餌場となる己のテリトリーを守ろうと他の種と競うことはよくあることだが、それが名誉とか面子とか、生存とはいささか概念を異にする特殊な理屈のために猛然と行う生物は、まず人間以外そうは見られない。

相当特異にして不思議な生物である。

アフリカの野獣たちのドキュメントを見ていても、繁殖とか食のためにテリトリー争いをする例はよく見るが、面子とか怨恨《えんこん》のために戦う例はあまり見ない気がするし、大体いつまでも〝根に持つ〟という、しつこさを抱く生き物は人間以外そうはいない気がする。もしかしたらそれは人間の知能が発達したために、記憶力という厄介なものを背負いこんでしまって、いつまでも過去の恨みを忘れないという一つの人間の性《さが》かもしれないが、そう考えると第二次世界大戦の頃の話をあっさり忘れてしまうことのできる日本人は、まだまだ知能の発達がおくれている生き物で、いつまでもしつこく恨みを持ちつづけ、その怨恨が豊臣秀吉にまで遡ってしまう韓国の人々の知能の発展度は我々をはるかにしのいでいるのかもしれない。

いずれにしても知性的になる、とは厄介なことである。

アリとかミミズとかミジンコとかプランクトンとか、彼らがどのくらい痛みや悲しみの感情を持つのか、直接聞いたことがないから判らないが、彼らがもし人と同等にそうした感情を持ち合わせるなら、地球という星は一体どのくらいの怨嗟《えんさ》と憎しみに満ちた恐ろしい星になることだろう。もしかしたら昨今、世間を混乱とパニックに陥らせているコロナウイルスとか、それに類似する病原菌は、その怨嗟の声の具現化かもしれない。

ロシアとウクライナ。それを応援する共産圏と西側諸国の紛争がこれ以上エスカレートすることは何があろうとも阻止せねばならない。

我が家の近くに土地にこだわる有名人物がいて、深夜ひそかに境界線の杭を10センチくらいずつ移動するから気をつけろと人に言われたことがあった。プーチンさんの行動を見ていると、この時の紛争を思い出し、何となく微笑ましい気分にさせられるのだが、さてそんなことが原因で何千の人命が奪われるとなると。

（2023年4月5日号）

闘いの後で

ＷＢＣ（ワールド・ベースボール・クラシック）にかき廻されて何も手のつかない数日だった。殊にアメリカにわたっての準決勝・決勝。普段そんなに野球ファンの人間ではなかった筈なのに、今回の勝負にはまきこまれ、興奮した。大体、優勝に至るマイアミでの2戦。あんなシナリオを提出したら、マンガじゃないんだと突き返されるだろう。それほどコトがドラマチックに奇蹟的展開で進行した。

今この奇蹟をふり返ると、ダルビッシュ有、大谷翔平という2大巨人の存在は勿論だが、彼らを含む若者たちの、何とも清々しい人間性に、久しぶりに心を鷲掴みにされた気がする。スポーツマンとしてのリスペクト、礼儀、人間性。一人でもあのメンバーの中に不純な心を持つ選手がまじっていたら、この感動は生まれなかったろう。

そして何よりもこの快挙をもたらした栗山英樹監督の遠大な道のりへのシナリオに、心からなる敬意を表したい。

今回のこの快挙への種まきは、今から11年前のドラフト会議に始まっている。

メジャーに行きたかった大谷翔平という若者に、栗山監督と北海道日本ハムファイターズは26頁に及ぶ見事な建白書『大谷翔平君 夢への道しるべ』という心のこもったレポートを突きつけ、アメリカへ行きたいと焦る一人の青年の気持ちを、日ハム入団へと覆えさせてしまった。僕もこの建白書を読ませてもらったが、それを制作したチームの熱意と、それに応えた一人の高校生の真摯な決断に、今更のように感動させられた。

それは大谷氏の希望の達成のために、直接メジャーへ入った場合と、日本のプロ野球を経由した場合の比較を、過去のデータを駆使して縷々《るる》説明したレポートなのだが、それを作成した球団の努力も素晴らしければ、それを理解し、大胆に翻意した、まだ高校生の決断も見事である。あの時のあの決断がなかったら、今回の感動は生まれなかっただろう。

この建白書の見事なところは、そこに球団側の企業としての利害が全くと言っていいほど姿を見せず、これから社会に出る若者のために、ひたすら純粋かつ客観的に事実としてのデータのみを書き記していることである。企業としてのこの態度は、全ての企業が見習うべきである。

私的なことで恐縮だが、栗山監督とは同じ北海道の住人として、以前から多少の付き合いがある。彼が今回ヌートバー選手を見初めたように、初めて逢った十数年前から彼の人格に魅せられていた。僕より二廻りも齢下の筈なのに、僕など到底及ばない人間力と指導力を持った見事な人だった。

彼の住んでいる栗山町に、自身で重機を操って作った「栗の樹ファーム」という球場がある。かつてヒットした『フィールド・オブ・ドリームス』というケビン・コスナーの映画の中の、とうもろこし畑を開いて作った野球場を模して作ったものである。そうした夢とロマンこそが今回の快挙につながったのだろう。

（2023年4月19日号）

文明の墓場

今から50年ばかり前の話だが、築地から有明のあたりをドライブしていて、夜、夢の島に迷いこんでしまったことがある。恐らく東京都の出すゴミによる埋立てが始まって間もなくの頃だったのだろう。ふと気がつくと周囲は一面、ゴミの山塊《さんかい》であり、廻って来たパトカーに咎《とが》められて、ここらは犯罪の多発地域だからすぐ出なさいと注意された。

その後、昼間に訪れてみたが、次々にやってくるダンプやトラックが凄まじい量の瓦礫や紙・布、更には食糧のゴミまでを次々に地べたに放り捨てて行って、無数のカラスやカモメなどが喰いものを漁《あさ》って群れとんでいた。何故このゴミの集積地を夢の島と呼ぶのかと首をひねったが、今そのあたり一帯がものの見事に埋め立てられ、多数の高層ビルが林立して湾岸地区として生まれ変わったのを見ると、成程、だから夢の島だったのかと今更のように思う一方、あれらの華々しい新開地が東京湾に捨てられたゴミの山、いわば東京の排泄物の上に建てられた、いわば砂上ならぬ廃棄物上の楼閣であることを想う時、その地盤は本当に大丈夫なのかなと、余計な心配をしてしまう。

この春行われるＧ７サミット。その前座として札幌で開かれる環境サミットに、富良野自然塾から何か展示ブースを出してくれと要請されて、凡そブラックな「文明の墓場」というブースを出すことに決めたのは、50年前のあの夢の島の造成現場の姿が頭のどこかにあったからである。

経済・文明の発展はまちがいなく無数のゴミを出す。新しい家電、自動車、テレビが生まれる度に古くなったものは廃棄される。一部はリサイクルされるというが、そんなものは微々たる量である。殆んどは廃棄され、それは焼却・投棄・埋立てという方法で人の目から触れぬよう姿を消す。だがこの姿を消すものたちが、姿を消す時、地球の上にCO_2をまき散らしていく。

カーボンゼロを目指す試みが、旧製品を消すために無数のカーボンを放出する。自動車の終末、アパレルの終末、ＯＡ（オフィスオートメーション）の終末、紙の終末、建造物の終末、医療の終末、食の終末、そして核の終末。それらを文明の墓場として一つの墓地に集約してみたのだが、ふと考えるとこの墓地、彼らを悼《いた》むために訪れる人もなく、涙する者も全くいない。

ばかりか、核の終末に至っては、詣る人はおろか、遺体を引き取ろうとする人も全くおらず、散々世話になったその遺体を、どの自治体も見て見ぬふりである。

何とも情けなく、何とも哀しい。日本人は一体いつから、こんな忘恩《ぼうおん》の、卑怯な民族になってしまったのか。己を含めてそんな慚愧《ざんき》を、何とか多少とも懺悔《ざんげ》しようと、そんなブースを作ってしまった。

しかし周囲に群がるブースは、水素自動車やペットボトルのリサイクルや、その作業で更にカーボンを排出してしまう、そういう環境的展示物ばかりである。墓仕舞いどころか、墓地はまた拡がる。

（2023年5月10日号）

森の価値

日本の森林面積は、国土の面積の7割（66％）といわれる。これは、先進国の中ではフィンランド（73％）、スウェーデン（68％）に次いで、世界の中で3位だとされている。だが、そのうち天然林の割合は、昭和40年代から10％減っており、代わりにスギやヒノキの人工林が増えている。

天然林と人工林を比較すると、昭和41年では天然林68％、人工林32％に対し、平成29年の統計だと天然林59％、人工林41％と大きく変わっている。

これを歴史的に検証すると、縄文時代には竪穴式住居や舟を作るために森は伐られ、弥生時代には田畑や居住地の開発のために森林は伐採され、676年には天武天皇から禁伐令が出された。これが中世になると、製塩・製鉄の材料として、また寺院の建材などのために木材が利用されることになる。

戦国時代には城や砦の建設、また戦乱によって森が焼かれ、漸く江戸時代、幕府と諸藩は森林保全にとり組み始める。伐採を制限し、森林再生促進にも尽力した結果、森林資源は回復に転じた。だが明治維新と文明開化で建築材や燃料の需要が高まり、森林の伐採が再び加速した。明治中期は日本で最も森林が荒廃した時期だといわれる。そして世界大戦の戦中戦後。戦時中には大量の木材が必要とされ、更に戦後の復興のため木材の需要が急増して、政府は拡大造林政策を開始。スギ、ヒノキなどの人工林を植え始めた。

一方、戦後のレジャーブームは24万㌶の森をゴルフ場のために伐採している。これは東京ドーム５万２０００個分、日本の森全体の約１%となる。さて。一方この間、地球上には異常な文明の爆発が起こり、経済・工業化社会が出現して、それに伴う環境問題が当然のように火を噴くのだが。

問題はこの間の森林消失問題を、社会が環境問題とどうも深刻に結びつけず、たとえばアマゾンの乱伐問題などを対岸の火として傍観しているように見えることである。

人間を含む動物は酸素を吸収し、CO_2を吐き出すことで生命を保ち、対して植物はその真逆、CO_2を吸い、酸素を排出することで生きている。即ち動物と植物（森林）は相互依存によって地球という環境を保っている。しかもその森林が動物にもたらしている最大の恩恵は、決して木材という副産物ではなく、水と酸素という二大物質、それを与えてくれる木の葉っぱである。葉っぱこそが森の最大の恩恵物である。然るに人類は古今東西、森を見るとき、〝幹を見て葉を見ず〟、そういう過ちをずっと犯してきた。

いま発表されている統計を見ても、森林面積の減少は発表するが、排出酸素量の加減には触れない。これは大きな見当ちがいである。

1分間に17〜18回、酸素を吸って我々は生きている。それは木の葉が光合成によって我々に与えてくれる森の最大の恩恵である。その重大事をみんな忘れてはいまいか。

（2023年5月24日号）

小百合《さゆり》

昔、『北の国から』を書いていた40年ほど前、酪農家は生活に苦しんでいた。牛乳の生産量がダブついて、国の命令かホクレンのお達しか、採れた牛乳に食紅を混ぜ、売れないようにして原野に捨てさせるという、何とも無茶苦茶な生産調整が横行した。

２００６年から２００７年頃、ペットボトルのお茶や水に消費者の嗜好が移り、牛乳離れが起きた時も、供給過多の解消のため、生産調整が行われたことがある。この時は翌年からバター不足が起こり、あわてて増産に転じようとしたが、一旦規模を縮小すると牛は生き物なので戻すには3年はかかる。結局、生産調整に従わなかった農家はすぐに増産できたので利益を上げることができたのだが、命令に従った者だけが馬鹿を見たという前例がある。

こんな前例にさらされた揚句、北海道の酪農家の間では、もはや生産調整令を無視する傾向が増えているという。しかも一方で飼料価格の高騰がある。日本の飼料はその6、7割が輸入飼料。ウクライナからの飼料が不足し、それに加えて現在の円安。1頭あたりの牛の淘汰に15万円の助成があると聞いて、これまで2〜3％だった廃業者が今は6％、あるいは倍ぐらいにふくらみつつあると聞く。

牛はペットではないが生き物である。

牧場ではその誕生から生育までを、それこそ家族が手塩にかけて、子供を育てるように手厚く育てる。しかし、その牛に決して名をつけない。名前をつけると愛情が湧き、それを殺すに忍びなくなるからである。

かつて富良野塾をやっていた時、1人のライターが『小百合《さゆり》』というタイトルの、秀抜なシナリオを書いてきたことがある。

都会から観光に来た主婦のグループが、たまたま牧場で仔牛の誕生に遭遇する。その仔牛の愛らしさに魅せられた主婦たちは、その仔牛に小百合という名前をつけて定期的にその生育を見守りにくることになる。丁度あの吉永小百合サンが全盛を誇っていた頃のことであり、新聞・テレビ等のマスコミが、小百合の成長を面白半分に追跡し始める。小百合はぐんぐん成長し――それは乳牛でなく肉牛だったのだが、そろそろ良い加減のつぶし時になってしまう。

牧場主は旨そうに育ったその小百合を、屠殺場に送るべく競りにかけようと準備するのだが、それを知った主婦たちは顔色を変えて反対運動の狼煙をあげる。無責任なマスコミはその話にとびついて小百合救済の応援キャンペーンを張る。弱り切った牧場主は突然、社会から敵視されて頭を抱えるという物語である。

この話は、地方で日本の食料問題を支えている酪農家と、ペット感覚で動物愛護を叫ぶ都会の人間の矛盾を、鋭く突いて美事である。今の社会にはこうした矛盾が山ほどある。

僕らは様々な矛盾の中で、矛盾に囲まれてオドオド生きている。

（２０２３年６月７日号）

復興

Ｇ７サミットに戦下のウクライナからゼレンスキー氏が加わったことは、何といっても衝撃的な出来事だった。

世界の（といっても西側のだが）要人が集まっている場へ、自国への支援を促すためとはいえ、危険を冒して戦時下の国から自ら直接体を運ぶというその行動と心情には、とやかく言う以前に人を搏つものがあった。

衣装にこだわらず戦闘服のまま、平和の中にあるこの国に降り立ち、平和記念館の展示物を見た彼の心には何があっただろう。直後のスピーチで、石に印された被災者の影に触れたことも、僕の心に刺さるものがあったし、今後のウクライナの復興のことに触れたのも、僕の心にグサリと刺さった。

ゼレンスキー氏は広島の平和資料館を見て、原爆に焼き尽くされた78年前のヒロシマの惨状を、今現在のウクライナの都市たちに合わせて見ざるを得なかったらしい。

戦火。

近頃何かというとテレビの画面に登場する渋谷駅前の交差点。あの交差点の七十数年前の様相を僕は今でもはっきり思い出す。

あの頃、あのあたりには、まだはっきりと戦争の爪跡が残っていた。瓦礫の山がそこここに残り、復員服の疲れた男たちやモンペ姿の女たちが、疲れ果てた絶望の顔で蠢《うごめ》くように漂っていたのである。今その形跡は跡形もなく、何も知らない若者たちがネオン輝く眩しい街の中を我が物顔に闊歩している。

だが、実は彼らの弾んで歩くその地下数メートル、数十メートル下には、当時破壊された瓦礫や残《ざん》滓《し》が今猶しっかり残っているのである。無惨にこわされたあの戦前の瓦礫の山を、重機もろくになかったあの時代、先人たちは疲れ果てた体で、一片々々、己の力で片付けていったのだ。その上を、街の歴史も何も考えない若者の群がクリスマスだハロウィンだのと騒ぎ廻っている姿を見ると、あの時代を記憶する老人の世代は、ふと意味なく胸の底を熱くすることがある。

ゼレンスキー氏が復興という言葉を口にしたとき、そうしたくり返す歴史の残酷さを思い、僕は心をしめつけられたのである。

今から何年後か何十年後か、ウクライナの地が平和をとり戻し、かつての平和な街の姿や、あるいはデ・シーカがその昔、映画に描いたようなひまわりの咲きほこる田園風景をとり戻したとき、それは過去にそこにあった景色の美しさを凌駕するものになっているのだろうか。その地中に埋められた累々《るいるい》たる死体や瓦礫の上に咲くひまわりや野草は、かつての美しさを見せてくれるのだろうか。

戦争の跡のみならず、現今の文明が排出しつづける、いわば発展の排泄物が地表にも地中にもどんどん溜まり、我々はその汚物の上で新たな文明を築いているのかもしれない。経済社会の出すそうした廃棄物から目をそむけようとする人々を、僕は心から軽蔑する。


（２０２３年６月21日号）

スシロー事件

スシローでつまらない悪戯をやった少年が――少年といっても17歳の青年らしいが、自分のその所業をスマホで撮り、それがアッという間に世間に拡散して店の信用は堕ちるは、巨額の賠償問題になるは、大問題にまで発展してしまった。

いやはや、恐ろしい世の中である。

勿論、醤油瓶の口をなめてみたり、寿司の表面にツバを塗ってみたり、やってはいけない世間の常識に反した行為を得意気にしでかしたこの少年の、余りにも馬鹿々々しい幼稚な行為が、事件の全ての発端ではあるが、それをわざわざ撮影して世間に発表した撮影者の愚行。更にはそれを拡散した有名ブロガーなるものの不愉快な行為。全てが愚かしく、同じ社会に生きるものとして暗澹《あんたん》たる気持ちにならざるを得ない。

被害にあったスシローの賠償要求は当然だと思うし、この額でも少ないと思ってしまうのだが、さてこの多額の賠償金を、犯人である少年、あるいはその保護者には果たして支払う能力があるのだろうか。

ふと思うのは、こういう事件は僕の青春時代——今から70年前に果たして起こったろうかということである。

人に言えないつまらない悪戯を得意半分にする奴はいた。だがスマホなどという文明の利器がなかった時代には、こんなふうにパッと拡散されるような大きな事件にはなり得なかったし、それより何より若者たちが、善と悪との境目を知っていた。戦前から続いていた倫理教育が僕らの心に沁《し》みついていたし、家庭においても学校においても善悪の戒律は極めて厳しかった。そういう正邪《せいじゃ》が崩れて行ったのは一体いつ頃からだったのだろう。

それを考えるとき、どうしても僕は、戦後の混乱期にどっと流れこんだ自由という言葉のはき違え、受けとり違えに行きついてしまう。修身教育を軍国主義的だときめつけて全て排除したあのころのあやまち。

今から何年前になるのか。今は亡き評論家・秋山ちえ子さんから、戦前の小学校の修身の教科書の復刻版を、読んでごらんなさいと送ってこられたことがある。

再読してみて考えこんでしまった。

たしかに5年生、6年生の教科書には、天皇制をはじめとする軍国主義的記述が増えてくる。だがそれ以前、1年生から4年生あたりまでは、殆んどが今に通暁《つうぎょう》する人間としての倫理教育である。だが、それらの初歩的倫理教育は、当時のGHQ（連合国軍最高司令官総司令部）のお達しによるものか、修身という言葉と共にストンと消滅させられてしまった。そこへもってきて当時の日教組の方針がその風潮を追い打ちした。

僕は終戦後、小学6年生。新しく刷られたザラ紙の教科書を墨《すみ》で塗りつぶさせられた世代である。

あの時、塗りつぶした文言の中に、消さなくても良かった日本古来の道徳観や倫理観が沢山つまっていたような気がする。

（2023年7月19日号）

洪水の季節

洪水の季節である。

地球温暖化による異常気象のせいか、昨今俄《にわか》に注目を集め出した線状降水帯なる新しい流行語が連日のようにテレビの画面を賑わし、改めて地球が水の惑星であったことを思い出させてくれる毎日である。

テレビ各局のそうした報道を見ていて、イライラすることが山程ある。その一つが降水と氾濫の因果関係を報道がちっとも正確に伝えていないことである。

わが家は山裾の谷間にあり、家の建つ崖下には沢が流れている。普段はかすかな水量の沢だが、山に雨が降ると、たちまち水量を増し、アッという間に急流となる。一度などは十数㍍の深さの谷の半分くらいまでふくれ上がった。この時は水流が何本もの巨木をなぎ倒し、上流から無数の石や岩を一晩中、雷鳴の如くゴロゴロと流して、どうなることかと蒼ざめた。

その時の山に降った雨量は1時間にわずか60ミリ。それが北の峯という1つの山から数本の沢となって下界に駆け下り、空知川という一級河川に一挙に流れこむわけであるから空知川はたちまちふくれ上がり、田畑・住宅地を飲みこんで、やがては石狩川に合流するのである。石狩川が氾濫を起こすのは当然である。

しかも、わが家の下を流れる通称、二線沢などは全体の流れからみれば微々たるもので、十勝山系から流れこむベベルイ川、布礼別川ほか、名のついた河川からの水の量はゾッとする程の巨大な量で、それが一斉に下流を襲うのである。

山から走りこむ水流の道は、1本の草や木を引っこ抜いてみればよく判る。たとえば、それをジャガ芋にたとえれば根はいくつもに枝分かれし、更にその先が枝分かれし、更に更にその先が枝分かれして、その先に小さな小芋がついている。この小芋がいわば水源林であると、わが富良野自然塾では説明するのだが、植物の根の形は地中に拡がる水の流れに酷似している。だから山の中のどの部分に豪雨が降ったかということは、下流を走る一級河川の水量をどこでいつ突然ふくれ上がらせるかに直接関係するのだが、テレビの報道は下流の洪水を伝えるだけで上流の降雨のことを一向伝えない。

今一つの大きな問題は下流の都市開発の問題である。例えば東京の新興地の、水の出た地名をよく調べると、元々の地名にサンズイのついていた場所が実に多い。古人は元々水の出る土地にサンズイを冠して警告したものと僕は考える。しかし無責任な町名変更とか、売れれば良いという不動産屋の思惑の中で、今や旧名にサンズイがついていたかどうかなどは、売る者も買う物も恐らく殆んど気にしないのではあるまいか。

アイヌ語では大水が出た時、暴れる川をベツ。暴れない川をナイと呼んだ。ついでに言うなら飲める水をワッカ。飲めない水をぺと呼んだという。稚内《ワッカナイ》とは、飲める水が暴れず常に流れている場所の意である。

（2023年8月2日号）

一枚の葉

連日連夜の猛暑である。

猛暑、酷暑、激暑、烈暑。マスコミはこの猛烈な暑さを表現するのに連日御苦労なさっておいでのようだ。その割に、この過熱の原因を表現なさるのに、未だに地球温暖化。温暖という生ぬるい言葉を使っている。温暖とは気温がほどよくあたたかで、過ごしやすい気候であること、と辞書をひもとけばすぐに出てくる。今の地球はどう考えても温暖という言葉は当てはまらない。

今を去ること20年。小池百合子女史が環境大臣だった頃、あるイベントの壇上で僕は小池女史に直接進言したことがある。場所は河口湖ステラシアター。温暖化という言葉は誤解を招く。高温化という言葉を用いるべきだと。「聞いておきましょう」と女史は高飛車に仰言った。しかし実際はお聞きになっていなかったらしい。未だに世の中では温暖化である。今のこの連日の高温の、どこがほどよくあたたかで過ごしやすいと言えるのか。日本の長であられる方は、むずかしい英語ばかり使われる以前に日本語をしっかり勉強し直して欲しい。

日本列島の高温化は今や遠慮会釈もなく、ぐいぐいと記録を更新し、遂にとっくに人間の体温を超えてしまった。新記録大好きな日本人は、それでも汗だくになりながら、この新記録更新をどこかで無意識に愉しんでいるかに見える。熱中症対策のためであれば夜間もクーラーを使うべしという論を医者もマスコミも堂々と唱える。そして、この高温の原因が奈辺《なへん》にあるかを考えなくなる。

本日の富良野の気温はプラス30度。この気温にも馴れてしまった。だが。まことに諸氏には申し訳ないが、我が家の気温は本日23度である。この夏25度に達したことがない。

今年、90歳を目前にして周囲のすすめで初めて家にクーラーを設置した。だがまだ一度も使っていない。除湿を一、二度使ったのみである。何故か。家が緑にスッポリ囲まれているからである。四十数年住み続けるうちに、周囲の森がぐんぐん育ち、時には木の葉がアンテナを妨害してテレビが見えにくくなることはあるが、気温の昇降からは確実に守ってくれる。夏は街より6、7度涼しく、冬はその分暖かい。決して嘘でも大袈裟でもない。木の葉が地面に溜めてくれる水が、気温の昇降から守ってくれるのである。森の恩恵の中で僕は生きている。

僕は今、隣接する閉鎖されたゴルフコースの半分34㌶を、森に還す仕事に従事しているが、それは森から木材を採るためではない。木の葉を増やして光合成を盛んにし、水を地中に蓄えるためである。酸素と水のために森を育てている。古来、人類は森を見る時、木材ばかりに目を向けてきた。幹を見て葉を見ることを怠ってきた。その過ちのツケが今この地球の異常の源の一つになっている。

暑さにぐったりと殺されかけている夜、一枚の葉っぱに想いを馳《は》せてみないか。

（2023年8月23日号）

海洋汚染

フクシマ原発のタンクにたまった汚染水の海洋投棄に関して中国がイチャモンをつけて来ている。

政府はどうやらこの一件について、無視する態度に肚《はら》をくくったらしいが、至極当然だと僕も思う。汚染水に含まれるトリチウムの量が人体に害を及ぼすかどうかについて、ＩＡＥＡ（国際原子力機関）が大丈夫というお墨《すみ》つきをくれているのだし、中国自身の原発から海洋投棄されている汚染水の量も半端でないという報道に接すると、わが国の海産物への不買を唱える中国の態度はどう考えても理屈に合わない。大体、日本列島の東側に棄てられたトリチウムが、どうして西側の東シナ海を汚染するのか、そのところの因果関係が僕には何とも理解できない。

もう10年ほど前になろうか。

西表島《いりおもてじま》のマングローブの再生のために、その海岸線を歩いたことがある。その時、僕らが一驚したのは、西表の海岸線に漂着する海洋廃棄物の余りの量の多さについてである。それを集めて山にしたら、忽《たちま》ち3つの巨大な山になった。そのゴミの内訳は、漁具をはじめとして電気冷蔵庫まで。いずれのゴミにもハングルと中国語が書かれていた。その時抱いた感想は、地球の海洋の海流は西から東へ流れているのだなァというものであり、更に後年、カナダ西海岸の島々を巡ったとき、その島々に漂着する海洋廃棄物は、黒潮に乗って漂着した日本の廃棄物が余りにも多く、それらを集めた島の住民が日本の海洋投棄物だけを集めて、遠くからもよく見える巨大なゴジラのオブジェを作っているのを見せられて赤面したという記憶がある。

世界の海は一つの水の流れであり、主たる流れは西から東へと動いている。

今もし中国がフクシマの汚染水の問題を取り上げるなら中国自身の複数の原発が海洋放出している処理水の問題をどう説明するのか。中国遼寧省・紅沿河原発、約90兆ベクレル。浙江省・秦山第三原発、約１４３兆ベクレル。遼寧省・福建省・寧徳原発、約

102兆ベクレル。広東省・陽江原発、約112兆ベクレル。合計447兆ベクレル。これに対してフクシマ第一原発の放出量22兆ベクレル。それとこれとを比較してみると良い。

とはいえ、それだけのトリチウムが海岸放棄されているということは、その海から数多の海産物を摂取している我々近隣の住民にとっては決して気持ちの良いことではない。風評被害が出るのは当然である。

かくなる上は中国と日本、目鯨《めくじら》たててケンカばかりしてないで、その海から獲れた海産物を素材に、中国料理・日本料理、それぞれの得意の技を駆使して、習近平さん、岸田文雄総理合同の一大晩餐会を開き、風評を吹っとばすべく福島沖でいま獲れたばかりの海の幸をむしゃむしゃ旨そうに喰べてみて欲しい。そうすれば風評なんて一挙に吹っとぶ。勘定はジャンケンで負けた方が払って。

（2023年9月6日号）

地球沸騰

ついに来たか、とぼんやり思っている。

ハワイ・マウイ島、カナダ、ヨーロッパと各地で頻発する大規模な山火事。ハリケーンの襲来、豪雨、洪水、旱魃《かんばつ》、猛暑。地球沸騰という恐ろしい言葉を国連事務総長が口にするまでもなく、この星に予測された恐ろしい終末のシナリオは、遂にその終章の幕を開けた気がする。

40年前に書いた『ニングル』という小さな寓話が、なぜかこの時期、オペラ化されることに決まり、そのプレイベントが富良野で開かれた。ニングルとは北海道の森に棲む体長15センチから20センチ、小さな原住民のことである。森が大量に伐採されるとき、不思議とこの伝承の噂が流れる。

森を伐るな。伐ったら村は滅びる。

ニングルの発するこの警告が、40年前、僕の周辺で囁かれ、折から農地改革という国の事業で近くの森林がどんどん皆伐され、農地への転換がはかられ始めた中で、僕は寓話としてこの物語を書いた。それは文藝春秋社発刊の『諸君!』という雑誌に連載されたのだが、地球温暖化、環境問題が、まだ話題になる何年か前のことだった。その後40年、様々な天変地異があり、漸く人類は地上に徐々に起こりつつあるこの異常に関心を持ち始めた。関心を持ち始めたが、何が変わったか。

人間のやっていることは殆んど変わっていない。

変わっていないから事態は益々進行している。悪い方に、である。そうして今年、顕著に、というか、一挙に事態は悪化した。このことを世界の指導者たちは一体どのように見ているのだろうか。

ロシアとウクライナが戦争しようが、アメリカと中国が対立しようが、いま我々の乗っている地球。その基盤に只ならぬ変動が起きかけているとき、人類は処すべき優先順位として何を第一に考えねばならないのか。偉い人たち、この星を動かしている指導者たちの頭の構造を疑わざるを得ないし、それを監視している筈のマスコミ、世論のお粗末すぎる視点の置き方にも只々呆れ果てるばかりである。

こんな情けない思考たちの中で僕らは終末に向かうのであろうか。村が猛火に襲われているとき、隣人同士がその火の中で、境界線を巡って殴り合うだろうか。火山が爆発し、その溶岩が一つの町を押し潰そうとしているとき、逃げることよりその中で猶、富を得ること、儲けることを考えるバカがいるだろうか。いるとすれば、それは狂人である。だが、いま地球ではそうした狂人が東にも西にも北にも南にも溢れ、それでも自分だけは助かるのだという愚かな幻想にとりつかれ、預金通帳だけを後生大事に抱えて、それ以上のことを考えない。そんなことより人間はいま、酸素濃度の低下した地上、水の枯渇した大地、熱波におそわれ、海洋がグツグツと煮えたぎった地球のことを、何よりも第一に想像すべきである。

人類には神から授かった〝想像力〟という力がある筈なのだから。

（２０２３年9月20日号）

ジャニーズ事件

ジャニーズの問題が遂に、というか漸く表沙汰になった。かなり前、そう10年、20年ではすまない昔から僕らの業界では当たり前のように知られていた話だが、漸く断罪される時が来たらしい。

何年前だったか、ある売り出しの女優を番組に起用しようとしたら、テレビ局から待ったがかかった。その女優がジャニーズのタレントと一寸トラブッたことがあったらしく、その女優を使うなら今後おたくの局から全ジャニーズ関連のタレントを引き揚げると脅されて、だからその女優は使えないのだと申し訳なさそうに局から言われた。その横暴さに啞然《あぜん》としたことがある。

芸能界には昔からそういう暴力団的風潮があって、いくつかの大手プロダクションには逆らえないという都市伝説的奇怪《きっかい》な掟《おきて》がある。何度か敢えてそういう掟に、無鉄砲に逆らってケンカしたことがあったが、そこへ今回のジャニーズ事件である。

永年耐えに耐えた告発者の勇気には大きな拍手を送るものだが、さすがにここまでの真実を知らされると、永年この世界のはじっこにいたものとして自分の無知がくやまれる。でも、いつも送ってくるテレビ雑誌は、半分ジャニーズのPR誌の如き様相で、中身の半分はジャニーズのグラビア。どうなってるンだと年中思い、だが新聞をとっていない山奥暮らしの身には、これがないと番組表が判らない。

そこで思うのは、このジャニーズという怪物企業と日本のマスメディアの関係である。一体このつながりは何処から始まったのか。

ジャニーズの力を恐れているのは、関連マスコミの現場であるのか。それともマスコミのトップであるのか。そこのところが非常に知りたい。現場であるなら彼らは当然ジャニー氏の犯罪に気づいていた筈だし、気づいて永年見て見ぬふりをして来たのなら彼らも一種の共犯者である。いや、もしかしたらそういう風評を、多少とも耳にしたことのある僕ら外部の関連者も知らぬ間に共犯者になっていたのかもしれない。

そしてマスコミのトップに立つ者は、もちろん当然共犯者の一人だ。しかもそれがマスコミというものの経済基盤を支えるために、利益を得るために黙っていたのだというならば、報道というものは何とも情けない。彼らは犯罪の実体を知りながら、儲けるために見て見ぬフリをしつづけて来たわけなのだから。

ジャニーズにも、只見てくれが良いから、ミスター・ジャニーの犠牲になって売れたという者ばかりではあるまい。才能があって世に出たものは少なからずいる筈である。だが、ここまで事件が喧伝《けんでん》されると、あいつもヒョッとしてもしかすると、と、あらぬ色眼鏡で見られてしまうこともあるだろう。これは理不尽な風評被害である。ジャニーズのタレントは、これからそういう世の不条理に向き合うことになる。ミスター・ジャニーも罪作りである。

（2023年10月4日号）

警察官

京都アニメーションの放火事件。札幌すすきのの首斬り事件、ルフィの事件、ガーシーの事件。小さな事件まで書き連ねていったら、それだけで枚数が尽きてしまう。

一体いつからこの国は犯罪王国となってしまったのだろう。

京アニ事件の裁判で、被害者の家族が加害者に問うていた。あなたは自分の殺した被害者に、家族や子供がいるかいないかを考えたことがなかったのかと。加害者はその時こう答えた。「そこまでは考えてみませんでした」。

「そこまでは」。

この答えには戦慄《せんりつ》する。

この男は果たして高等教育を受けた一人の知性ある人間なのだろうか。この男はこれまで日本の教育制度の中で、どういう教育を受けてきたのだろうか。そもそも社会に生きるための、善と悪とを学ばなかったのだろうか。

全く同じことが、世界の指導者たちについてもいえる。プーチンさん、あなたは砲弾で破壊したウクライナの都市や、あるいは平和に暮らしていた農村の人々が、あなたの命令で投じられた弾丸で突然昨日までの平和を失い、父を失い、母を失い、思ってもみなかった理不尽な犠牲者の位置に投げ出されたとき、彼らにそれぞれ恋人や子供、愛するものたちが無数にいることを、全く想像もしなかったのだろうか。それとも、「そこまでは考えなかった」と、京アニの犯人と同じセリフを法廷でヌケヌケと答えるのだろうか。

東京裁判を思い出すまでもなく、犯罪者は小さな自分の脳ミソの中の、小さな思い込みと独善の中で、何とも巨大な罪悪を犯す。それを正すのが理性であり、社会に生きるものの倫理であり、義務である。その義務が音をたてて崩れつつある。

『密着警察24時』というテレビ番組が時々あって、僕はしばしば視聴するのだが、この中に出てくる日本の警察官の悪者に対する腰の低さに常に何度もおどろかされている。

恐らく戦前のオイコラ警察への反省から、ここまで腰が低くなったのだろうが、言葉遣いから対応の態度、何もここまでやさしく対応しなくても良いのではあるまいかと、その忍耐力、我慢強さに、ほとほと感心してしまう。しかも、まだ若い警察官がきちんとそのマナーを守っているのである。

アメリカのお巡りの、すぐ拳銃を抜いて容疑者を平気で殴ったり、殺したりするあの荒っぽさを目撃する度に、日本に生まれて良かったと思う。もっとも日本のお巡りの慇《いん》懃《ぎん》さにも時々ムッと腹の立つことがある。かつて見通しの良い畑の中の十字路で深夜、一時停止違反で捕まったことがあるが、確認したが人も車も全くいなかったと抗弁《こうべん》したが、絶対敵は許してくれない。

したっけ旦那さん、法律ってのはそういうもンだ、とやさしく咎《とが》められて切符を切られた。しかも、その上で警察手帖を出し、クラモト先生でしょう？　ファンなんだ、サインして。ムッとしつつも仕方なくサインした。

（2023年10月18日号）

言葉

60歳までには死ぬものと、なぜか昔からかたく信じていた。佳人薄命《かじんはくめい》。佳人ではないが過人ではある。こんなに生きるとは思ってもみなかった。何の因果か、それが死なないで周りの人間がどんどん死んでいく。今年は兄を亡くし、妹を失ったのに、僕だけが憤然とまだ生きている。

幸い女房もまだ健在だが、知人・友人はばったばったと消えていく。スマホに入っている電話帳の名前が、あいつもこいつもと消却されていき、しゃべる相手がどんどんいなくなる。淋しい。しつこく生きている同級生の一人は、もはやすることがなくなってしまって、「徒然《つれづれ》なるままの落書き帳」なるものを二月《ふたつき》に一度くらい、まめに印刷して送って寄越すが、こいつもかなりヤケクソになっているらしくて、文の終わりに記されている日時が「昭和九十八年、紀元二千六百八十三年、師走」などと頑固に旧暦を記してくるところが、おかしくも悲しい。

90年近く生きてしまうと、世の変遷のあまりの激しさに、もはや呆れることも、怒ることも忘れて、只々茫然と流されているのだが、それでも未だについて行けないで、しばしばカッと血の上るのが、われらが国語、日本語というもののあまりの堕落、乱れ方である。

言葉づかいが地に堕ちてしまった。

毎日テレビで流されてくるドラマ上の会話、あるいはコマーシャルに用いられる若者たちのしゃべり言葉が、あまりにひどくて虫酸《むしず》が走る。上流言葉を使えとは言わないが、良い齢をした妙齢の女性が「ヤベエ」とか「スゲエ」とか「〜じゃねえよ」とか、眉をしかめるような下卑《げび》た男言葉を堂々と使って悦に入っている。かつての公衆の電波だったら、こんな言葉を使う女はすぐ様テレビから消されていた筈である。

ところが、そういう言葉づかいに受ける低俗な視聴者がいて、それを面白がる制作者がいて、いつのまにか、そうしたヤクザな言葉が平然と市民権を持ってしまった。一昔前のテレビだったら到底あり得ない話である。名前を挙げるなら××、○○、即座に戦犯の名を挙げることができるが、そうしたタレントがどんどん受けるのだから、今や彼らに罪の意識はあるまい。しかし彼らは大きな意味で明らかに日本語の品位を下げているのである。そうしたタレント、用語を用いるコマーシャルの商品を僕は買わない。

さすが先輩の国・中国にあっては、いま流行のコスプレ的服装で町へ出ただけで、とっつかまるという恐ろしい法律ができたらしいが、日本もこのどうしようもない言語の乱れには、しかるべき国家的対策が欲しい。文科省やら教育機関がこれを野放しにしているのはおかしい。

俳句や詩歌や三十一文字やら、先人たちが永々と築き上げてきたこの美しい大和言葉の伝統を下卑た流行語で破壊されるのは、僕にはある種の犯罪に思える。いくら自由の時代だからといって、こういう流行は糺《ただ》されるべきである。

（2023年11月1日号）

クマ

クマ騒動があちこちで起こっている。

今年は天候異変のせいか、去年が豊作で出産ブームだったせいか、うちの周囲でも例年に増してクマ出没のニュースをよく聞く。

クマは着床延滞という肉体構造を持っており、交尾後すぐに妊娠するのでなく、秋に栄養をとり、母体がベストの状態の時に着床させて子供を産むらしい。

山に入る時、鈴をつけて行けと日本ではよく言うが、アラスカでは、いたるところの看板に「鈴は鳴らすな」という警告板が掲げられているという。鈴の音で熊が近寄る危険があるからで、友人のネイチュアガイドはイエローストーンの自然公園で熊研究家のプロフェッサーから、鈴はディナーベルみたいなもので、山でつけるのは危険極まりない、と言われたそうだ。ついでにこんなジョークも言われたという。「日本のクマを研究したが、日本のクマのウンコには大量の鈴がまじっている」と。どっちが正しいかよく判らない。

クマには何度も遭遇している。カナダでも出逢ったし、家のすぐ裏の富良野自然塾のフィールドでもばったり逢った。このときはスタッフと仕事の話をしていたら、そいつのすぐ後10㍍くらいの所に薮《やぶ》の中からノッソリ現れた。オイ、オ前ノスグ後ロニクマガイルゾ、と教えてやったら、そいつは蒼白に凍結し、どうすりゃいいンです！　と囁いたから、ふりむくなふりむくな、関係ない顔して話をつづけろ、と言ってやった。ひきつった顔で彼はうなずき、仕事の話を僕はつづけた。クマはチロチロ僕らを見ていたが、そのうちのんびり歩き始めた。

コッチが妙ニ関心ヲ持ッタラ、向こうもコッチニ関心ヲ持ツ。街デヤクザニ出逢ッタ時ト同《オナ》ジダ。平気ナ顔シテロ。カタクナルナ。

クマは僕らを無害だと認め、仕事中らしいと判断したのか、そのままブラブラとそこらを歩き、木に登りかけ、すぐまた降りて来て、間もなくゆっくり離れて行ってしまった。汗びっしょりのスタッフに言った。

もう大丈夫だ。ふり返って良いよ。彼はゆっくりふりむいて、ひきつったソプラノでつぶやいた。ホントダ!! クマダ!! クマニ逢ッチャッタ！

熊は優れた嗅覚、聴覚をもち、身の廻りで起こっていることへの情報量は、とてつもなく大きいと聞いている。もしかしたら年中そこらを歩いている僕のことを、かねてより知っていて、この人は害意のない平和的人間だ、と認めてくれていたのかもしれない。とはいえクマはクマである。

プーチンのような、ハマスのような、そういうクマだっているかもしれない。話せば判る！ という相手ではない。たまたま逢ったのが気立ての良い奴だったから、何事もなくすんだのかもしれないが、不要な安心をするのは止めよう。のんびり去って行くクマの後姿を見ながら、僕らものんびりとその場を後にした。


（2023年11月15日号）

戦いの果て

ロシアのウクライナ侵攻に目を奪われていたら、今度はイスラエルとハマスの戦争である。そうでなくても地球は今、環境問題から発した内部的危機に直面し、高温化、洪水、山火事、ハリケーンと、人間の起こした悪業によってその存続が危ぶまれているというのに、既に国連の制御すら効かない国際紛争の数々が新たな大危機を招いてしまっている。

一体人類は何処へ行くのだろう。

この期に及んでもこの国では、総理が能天気に経済・経済・経済と叫び、若者はハロウィンにうつつを抜かしている。人間は度し難い大馬鹿者になってしまった。

何をどのように、どこから考えたらいいのか。

この一連の騒動の中で、僕の最もショックを受けたことは、ミサイルだドローンだAIだと近代技術の先端を行く武器でイスラエルがハマスを潰そうとしているのに対し、一方のハマスが地下深くを掘り、網の目のような通路を作って、しかもその下に人質を置くという、奇抜な作戦をとっていることである。デジタルに対するアナログの挑戦である。人道上の建前から言ったら、これに対抗する手段はまず、ない。こんな賤《いや》しい手を考える方も考える方なら、そこへ追い込んだ方も追い込んだ方である。まさに戦争というものの最終の姿だろう。

遠くからニュースで見せられている僕らは、これをどのように見たら良いのだろう。毎日毎日見せられているうちに、これらの残酷さ、悲惨さに馴らされ、いつのまにか麻痺してその惨状から目をそむけ、ニュース報道の時間が終わると、ああ終わったとすぐに忘れて居酒屋で一杯やるのだろうか。あるいはこれをフィクションのように考え、暖かい家庭に戻って行って、明日のハロウィンの仮装のことを一家で愉しく考えるのだろうか。

ここに一枚の写真がある。北海道の原野を彷徨《さまよ》う一頭のオスジカの写真である。

エゾジカはこの時期、メスを争ってオス同士激しくツノで戦う。そして時にはツノがもつれ合い、抜けなくなって戦いが終わる。二頭はそのまま離れられなくなり、ツノを噛み合わせたまま原野を彷徨う。やがて一頭はそのツノと首を、相手の首に残したまま死に、もう一頭は外れないその相手のツノと首をぶら下げたまま極寒の原野をヨタヨタ生きることになる。

そういう写真を何度か見ているし、最後には互いの首が腐《くさ》り、からまったままの二頭のツノだけがオブジェのように凍土の上に残る。そうした二頭の戦いの果てのツノのオブジェも見たことがある。

戦いの果てとは、そういうものであろう。

僕らは地球というこの星の上にそうした墓《はか》場を見ることになるのだろうか。

デジタルであろうとアナログであろうと、生物である限り死に変わりはない。人間は愚かなこのオスジカと同じ運命を凍土の上に刻みつづけるのか。

（2023年12月6日号）

世襲議員

今から80年近く前のこと。敗戦直後の東京の中学・高校の教室では反戦気分が漲《みなぎ》っており、警察予備隊ができるらしいという噂に轟々《ごうごう》たる非難がまき起こっていた。つまり、世の中は圧倒的に左傾ムードに傾いていたのだが、組で只一人、何とも頑迷に予備隊賛成を叫ぶ奴がいて、妙に周囲から浮き上がっていた。

何であいつはあそこまでムキになって、孤立の道を選ぶのだろうと、まだ12、13歳の子供だった我々はそのことを不思議に感じていたのだが、級に一人マセたのがいて、仕様がないさ、あいつの一家は政治家の家系なンだからと呟き、ホウ、そういうもンかと思ったものだった。

親たちの意見とか、取り巻いた環境の考え方は、否応なく子供に影響する。特にまだ戦前の家父長制度の残滓《ざんし》が色濃く残っていたあの時代には、それが一つの孝の道だったのかもしれない。ところで。思想や考え方の影響はともかく、「世襲議員」ということの国の、ある種特異な風習は、考えてみると中々根が深い。

今、衆議院での全議員数465人のうち102人、即ち21％が世襲議員である。党派別に見ると自民党が断トツで261人中84人。即ち32％。実に3人に1人が世襲議員である。

過去の総理大臣をふり返っても、小選挙区制が導入された1996年以降、内閣総理大臣12名のうち、世襲議員でないのはわずかに3名のみである（菅義偉氏、野田佳彦氏、菅直人氏）。

世界の議員を調べてみるとアメリカ議会での世襲議員の比率は5％にすぎなくて、ブッシュ家、ケネディ家などは少数派。イギリスの場合は、ほぼいない。下院議員の約7割が生まれ故郷でも職場でもない選挙区から立候補する落下傘候補であり、保守党、労働党などでは「公募」を行って候補者を決定する「実力主義」が貫かれている。

先日、国会で「ルパンだって三世までだ」と名言を吐いた元総理がいたが、かくも日本の世襲制度は笑いの種にすらなっているのである。しかも最近女性誌のとった〝期待

できない世襲議員ランキング〟なるアンケートでは

1位　岸田文雄　392票

2位　小泉進次郎　306票

3位　小渕優子　304票

4位　鳩山二郎　110票

5位　河野太郎　93票

と中々の顔ぶれの揃い踏み。国民がもはや世襲議員を失笑のタネにしかしていないことが判る。

ある政治通の説によれば、かかる世襲の原因は、実力者一家間の婚姻、即ち閨閥《けいばつ》によって誕生するゴッドマザーの野望に帰するところが大きいというのだが、とすると日本の政治体制は結局、大奥のお局の意向によって、どこかで左右されているのかもしれない。あんまり信じたくない話ではあるが、これもまた中々うがった見方であると、どこかで思えてくるのである。「ルパンの母」なんてドラマでも書くか。

（2024年1月3日号）

光害

内地では漸く紅葉の季節が終わったらしい。

木々たちのためにホッとしている。

一体全体どういうことなのだろう。以前は限られた風流人だけが秋になるとソッと山へ入り、山の神々が静謐《せいひつ》の森にひそかに絵筆を運ばれて緑のキャンバスに赤や黄色のその年のグラデーションを秘かに描かれた。それを静かに見て心に残すことが田舎の秋の楽しみだった。

最近は全くその景色が変わった。

観光業者がビジネスチャンスとばかりに、都会人のみならず、異国の人間にまで、キレイダヨキレイダヨ、今ダヨ、イラッシャイ！　と余計な宣伝をするものだから、美意識なんて毫《ごう》も持ち合わせない只、物見高い全世界の物好きがスマホ片手にドッと押しかけ、ワイワイギャアギャアと、はしゃぎまくっている。萬葉の歌詠みや江戸の俳人がこの景色を見たら逃げ出すだろう。

更にタチの悪い観光業者は、更にこの混沌をもっと進めようと、夜間も人を集めようと、ライトアップなる怪《け》しからぬことまで始めた。

ライトアップ！

植物も夜は眠たいのである。それを眠らさせないで光を浴びせる。大体、光は上から来るもので、葉は表と裏の色が全くちがう。上から来た光を、ただ葉を通らせて光合成に使うのではなく、殆んど白に近い葉表の色で反射させてまた上に戻し、入り乱れた光合成細胞の間を通して光合成をするという。非常に緻密な構造になっている。

それを無視して下から、即ち葉裏の方から光を浴びせるという行為は、いうなれば痴漢の行為に等しいもので、環境省が平成10年に「光害対策ガイドライン」として公表している。大体、環境省による試算に基づけば、ライトアップを含む夜間照明による二酸化炭素の排出量は、このところかなり増大しているらしい。

皇居周辺の濠では近年まで発生が見られたヘイケボタルが、この2シーズン、確認されていないといわれている。更には皇居を外側からライトアップしようとする構想もあるという。愚案である。

伊勢神宮では、今でも真の闇＝浄闇《じょうあん》の中で行われる儀式が続いているが、靖国神社では周辺のビルの明かりによって、浄闇が作れなくなったと大分以前に聞いたことがある。

夜桜の風習は古くからある。

祇園の夜桜、福島三春の滝桜。

だが、あれらは桜の花びらの浅いピンクを通して月の光を愉しむもので、ライトアップで桜の花びらを浮かび上がらせるものではあるまい。

月光と浅い桜の花びら。その対照の美しさを愛《め》でたのは、古来の日本人の美意識であり、ライトアップでそれを際立たせるのは、古人の美学をないがしろにするものである。

紅葉。また然り。

外国人にそれを誇りたいなら、古来の日本人の美意識をこそ誇ろうではないか。

（2024年1月17日号）

最後の旦那

昔、テレビコマーシャルの輝いていた時代があった。

猿がウォークマンをうっとりきいている作品。高見山が軽快にタップを踏んで踊るもの。今のように、阿呆なお笑いタレントが只媚びて馬鹿な道化を演じるのではなく、コマーシャルが一つの文化として成立していた。殊にサントリーのコマーシャルには中でも秀抜な、垢ぬけたユーモアと格調の高さがあった。

これは、当時のサントリーの経営者・佐治敬三氏の、しっかりした文化への態度・姿勢があったからだと思うが、こういう経営者の優れたセンスが、どんどん消えて行きつつあることが淋しい。

当時、佐治氏は社内に優れたクリエーター、開高健、山口瞳、柳原良平といった逸材を抱え、「やってみなはれ！」という自由な発想で宣伝という、それまで人があまり注目しなかった分野に新風を吹きこんだという経緯があったのだろうと思うが、当時ヨーロッパで言われ始めていた一つの定義、「真の文明国家とは、経済、環境、文化という三つの柱が鼎《かなえ》となって、バランスよく国を支えている姿」というものをいち早く受信されていたことに、その根源があったように思う。

僕も一時期、佐治さんとはお付き合いさせていただいたことがあるが、とにかく氏の明るく豪放な性格、そして、文化に対する並々ならぬ関心と傾倒には、いつも脱帽させられたものだ。

日本の文化は、「旦那」という名の、外国でいうならパトロンに相当する金持ちによって支えられてきた、と僕はかねがね思っている。旦那と職人、旦那と芸人、人間的にはダメでいいから、お前の専門の芸だけを磨け。

昔、京都の花街の古い女将に言われたことがある。

お金のある方は今でもおいやす。せやけど芸の判るお人が消えてしまいました。只お金持ち。そういう人は旦那とは言えまへん。佐治さんは最後の旦那どしたなぁ。

「サントリーホール」がオープンしたとき、そのオープニングセレモニーに招かれた。整装の客で満員の会場に、オーケストラのメンバーが舞台に現れ、しんと静まった場内の一角から燕尾服《えんびふく》姿の佐治さんが現れ、長い中通路を無言で歩くとパイプオルガンの前まで行って立つ。

静まりかえった場内を背に、佐治さんが直立し、パイプオルガンの一つの鍵盤を押した。するとその音に合わせ、オーケストラが一斉に調音を始めた。

佐治さんは客席にニヤッと笑い、小さく一礼して中廊下を去った。挨拶もスピーチも何もなかった。満場の客席から割れんばかりの笑い声と拍手が起こり、セレモニーは見事に終了してオーケストラの演奏が始まった。

あんな見事なオープニングセレモニーを、前にも後にも見たことがない。

何とも粋な演出だった。

ああいう見事なセレモニーを、いま日本の財界に企画できる人がいるだろうか。

（2024年1月31日号）

生物多様性

生物多様性という言葉がある。

人類が地上に存在する、あらゆる生物の生き方に対して、それぞれの特性、環境への適応などを、それぞれの立場から考えてやらねばならぬという、いわばある種の親切、言い方を変えればお節介な感じのする言葉である。

生物多様性というならば、人間もその中に入るべきであり、そう考えると、プーチンさんの考え方、習近平さん、金正恩さん、トランプさん、みんなの考えを認めなくてはならないことになり、そんなこと無茶だ、と思ってしまう。

世界に目を向けるまでもない。

この日本という小さな国の小さな国会の小さな与党の中でさえ、こんなにいくつもの派閥があって、それぞれがそれぞれの目論見を持ち、それぞれがそれぞれの野望を持って、それぞれ必死に生きているとするなら、それこそ生物の多様性は一体どこでどうやってくれるのか。

政治家になりたい、将来総理大臣になって一国の権威のトップに立ちたいというのは昔から小学生が一度は夢見て作文に書く、いわば定番の理想だった筈だが、今この全てが見透かされた世の中で、果たしてそんな荒唐無稽を堂々と叫ぶ子がいるのだろうか。そう問うたら、いやいるんだよ、そういう奴が。それが生物多様性って奴さと、判ったような判らないような哲学的意見を吐く奴がいて、一同しんと黙ってしまった。

十軒の家族が山奥で住み始める。

一軒は農家、一軒は床屋、一軒はめし屋、一軒は大工、それぞれ職を持っているのだが、さてこの聚落《しゅうらく》全体のためにやることが段々増えてしまって、誰か悪いけど自分の職を捨て、聚落のための仕事を専従でやってくれる奴はいないか。クジ引きをしたら運悪くめし屋が当たってしまって彼は渋々本業を辞めて村の公僕となる破目となる。

この運悪いめし屋が即ち役人・議員。めし屋が今まで稼いでいた金をみんなが分担して持つべきだから、そこでそれぞれがめし屋に払うのが分担金、即ち税金。もともと村人と役人の関係、村人と税金の関係というものは、そんな所に起源があるように思うのだが、いつの頃からかこの、もともとイヤイヤになっていた公僕の旨味が世に判ってきて、公僕希望者が世の中に増えてくる。

本当に村に尽くさんがために公僕になろうとする志の高いのも中にはいるが、これは楽《らく》して金も権力も自然に集まると邪悪なことを考える不純なのもいて、それを目論むのが職業政治家。こうなると、これが代々の家職となる。

こういう歴史がつみ重なって、そこに生物多様性という不思議な都合良い理屈まで加わって、こういう変てこな社会ができちゃったのではあるまいか。

社会と政治、社会と政党、政党と金の関係を考えると、こんなシナリオが成り立つ気がするのだが、ヒネクレ者の邪推であろうか。

（2024年2月14日号）

凄むなよォ

写真を撮られるのがきらいである。

その時、その時間の心の動きを、フイルムの中に固定されてしまうからである。

たとえばカメラマンが笑って下さい、という。何がおかしくて笑ぅンだ！　と思う。ムッとしたその思いがフイルムの中に固定されてしまう。カシャッ。不愉快であるし、不本意である。

同様、僕らは数多の顔にマスコミを通してお目にかかる。そしてその顔がその人の第一印象となる。いい人らしい。イヤな奴だ。善人らしい。こいつはどうして喰わせもんだ！

永年テレビの世界にいてオーディションなどで無数の顔と対面させられていると、幾百、幾千の人間の顔とその表情に遭遇する。それを何十年くり返していると一見しただけで、その人の人間を見透《す》かす術を身につけてくる。勿論、見誤る場合も多々あるが、大体において第一印象は当たる。

選挙の前の政治家の顔と、選挙の後の政治家の顔では、表情筋の使い方がまるでちがうし、前と後、2枚の写真を並べて見るだけで、その人の人格・政治姿勢、あるいは気立てまで透視できてしまうから、恐ろしい。

近頃よくお目にかかる政治家の顔では、記者会見で記者に向かって「頭悪いネェ」と居丈高《いたけだか》に凄まれ、ヒンシュクを買った長崎の議員。あんな悪相は久しぶりに見た、と見るのもイヤになっていたのだが、何度か見るうちにこの人は意外と善人で、ごく正直に物を言っていたら、いつのまにかああいう人格だと定着してしまったのではあるまいか。家ではとっても好いおじいちゃんで、世間が思うようなイヤなジジィとは全くちがう好々爺《こうこうや》なんじゃないかと考え直す気になってきたりする。

いや、それより本当にもっと悪いのは、ずっと上にいる偉い方々で、ホラ見ろ議員席で何もなかったように、肩を叩き合って高笑いしているじゃないか。こっちの眼力まで自信をなくさせるような不思議な行動をとっておられるのだ。

近頃また外務大臣をオバサンと言ったり、容姿のことに触れてみたり、問題発言を連発している一見ヤクザ風な派閥の領袖《りょうしゅう》。こういう人物を何となくみんなが恐れてしまうのは、金の力と暴力の匂いをマスコミまでが嗅ぎとってしまい、触れぬが勝ちと避けてしまうからではあるまいか。だとすれば「公僕」としての自己演出を誤っており、早く周囲が本人に、そのあやまちに気づかせてやらねばいけない。もしかしたら本人には、そんな意図など毫《ごう》もなく、気の良い、只の東映やくざ映画のファンだったりすることだってあるのだから。

それにしても、と同情するのは、ブラックユーモアというものの本質とむずかしさを、日本人が中々学習できないでいることで、その点、本物の稼業の方たちは流石、見事にそのTPOを身につけておられる。そこらが彼我《ひが》の格のちがいでもあろう。

真似は笑えるが、やりすぎると吉本の三流芸人になる。

(2024年2月28日号)

旭川空港

東京に出る時、飛行機を利用する。僕の場合は旭川空港である。

この旭川空港は北海道でも中央部に位置し、冬場は年中、雪に見舞われる。降雪率から言ったら道内でも1、2を争うのではあるまいか。昔、40年ほど前は田舎の停車場のような鄙《ひな》びた空港で東亜国内航空の国産ジェットプロップが日に何便か飛んでいるだけ。羽田からの飛行時間は3時間ほどもかかり、一寸雪が降るとすぐ欠航した。ぐっすり熟睡してドスンという着陸の衝撃に、ヤレヤレ着いたかと目をさましたら窓の外の景色は羽田だったなんてことが何度かあった。旭川に着いたが吹雪で降りられず、何度か上空を旋回した揚句、結局、羽田に引き返したのである。

その当時は乗客は荷物と一緒に昔なつかしい匁秤《もんめばかり》にのせられ、体重と荷物の目方を計られて左右の座席にバランスを考えてふり分けられたものであった。空港の職員も数が少なく、殆んど顔見知りのオジさんたちだったから、体重を計るとニヤリと笑って、オヤ少し肥られましたナ、などとからかわれて、余計なお世話だ！　と返したりしたものだ。

その旭川空港が今は昔。ＪＡＬ、ＡＮＡなどの定期便が入って空港もすっかり新装開店し、冬場の荒天は相変わらずなのに今や就航率99％という北海道でも屈指の安定空港に生まれ変わってしまった。

これには大きな理由がある。

この空港独特の「ワックスウイングス」という見事なチームの存在である。

この界隈は農村地帯であり、米・麦・芋などの産地である。農村にとって冬場は農閑期であり、昔は出稼ぎの季節だった。今は大農法の時代となり、農家の男性は殆んど重機が扱える。そこに目をつけたどこかの智恵者が空港界隈の農業地帯、東川、神楽、美瑛等々の農家さんに声をかけ、空港滑走路の除雪チームを作ってしまったのである。チームの名前はワックスウイングス。総員四十数名。22歳から66歳の農家さんが午前4時半から出勤する。そして何台ものホイールローダーなどの重機をあやつり、実に見事なチームワークで滑走路からランプ、空港内の雪を除雪するのである。かくして午前8時半の一番機の到着までには殆んどの場合、白い積雪の中に黒い滑走路がくっきり姿を現している。

もっとも、吹雪の日はその上に、更に霏霏《ひひ》として雪が舞うのだが、それでもこの名だたる多雪地帯の空港が99％の就航率を誇るのは、実に賞賛に値する。冬場の農家の男たちの余剰労働力に着目した旭川空港の勝利であろう。

たまに東京に大雪が降ると大都会はたちまち交通麻痺に陥る。自然の恐さを知らぬ街のドライバーが、凍結道路の恐ろしさをなめてノーマルタイヤで出かけてしまうからである。そうした1台の車の過失が、重大な渋滞を生み、ある場合には死者まで出してしまう。都会人は自然の脅威を真剣に勉強すべきである。

（2024年3月13日号）

ニセコ・バブル

ニセコ・バブルと言うんだそうだ。

ニセコという小さな北海道の田舎町が、今や外国人スキー客に占拠され、西洋人の町になってしまった。

寿司屋に入ればトロが一貫３０００円、ラーメンが一杯１９００円、カニラーメンは３８００円、ハンバーガーが２４００円。外人観光客はこれを決して高くない、リーズナブルな価格だと笑う。ホテルは一室21万４０００円、一泊98万４０００円のところすらあり、外人さんがニコニコ泊っている。

不動産価格もはね上がり、４７０平米のコンドミニアムが一部屋10億円でバンバン売れるそうな。しかもこの部屋、５ベッドルームで各部屋に風呂・サウナがつき、２週間単位でこれを借りると一泊250万円かかるというから、もうあいた口がふさがらない。

地価が15万6000円と5年前の2倍にはね上がり、家賃は1LDKで8万5000円から13万5000円。近くの小樽では、せいぜい4万円から5万円ぐらいで、札幌でも5万円から7万円というから原住民である北海道人には、とても生活できるわけがない。

これだけ物価がいきなり上がると、そこで働く労働者の賃金も上がるわけで、繁忙期の時給が、東京の平均1568円、全国平均1220円に対し、ニセコにあっては1650円から2000円。

テレビのコメンテーターは明るい顔で、こういう場所が日本にあってもいいのではないかと無責任に笑って言い放つが、さて、そんなに簡単にこっちは笑えない。

というのは、飽和状態になったニセコのバブルが、今度はわがフラノに押し寄せかけているからで、こっちはニセコの西洋人に比べて中国・アジア系の外国資本が怒涛のようにに侵入しつつあり、夕方、街へ出ると、スーパー・コンビニに外国語の会話があふれ返っている。先日は僕の住む文化村にまで、トチ、売ラナイカ、高ク買ウヨと外人バイヤーが押しかけてきた。

別に外人を排斥《はいせき》するつもりはない。

農村であるフラノは後継者不足に苦しみ、相続税が払えぬこと、農業労働者がいなくなって耕作放棄地が増えていることから、目先の緑地を手放して、金にしたくなる人の気持ちは判る。しかしこのまま手を打たなければ、北の国フラノは消滅してしまう。そうなったら僕は、いや僕たちは、愛するこのふるさとを捨てざるを得ないだろう。

ロシアに蹂躙《じゅうりん》され、廃墟となったウクライナの土地を考えてしまう。戦争によって破壊されつつある、あのウクライナの土地は、かつてヴィットリオ・デ・シーカが『ひまわり』という映画で描いたように、ひまわりの咲きほこるのどかな田園地帯だった。それが戦争でずたずたにされつつある。戦争ではないが、目先の欲望で、ふるさとをボロボロにされて良いものだろうか。僕は今あるフラノの自然を自分の死後に、何とか残したい。

（２０２４年３月27日号）

足音

最近、夫人を亡くした友人が、俄《にわか》にガクッと老けてしまった。電話の声が何とも暗く力がない。よく笑う奴だったのに笑わない。笑える話をしてやっても乗《の》ってこない。声がもつれるし、活舌《かつぜつ》がよろしくない。歩くのに苦労し、ヨチヨチ歩きになったと嘆く。僕より10歳も若いのに、である。老いに突然捕捉され、クモの巣にかかったトンボのようである。娘さんに電話し、すぐに医者を呼ぶべきだと言った。こんな友人が周囲に突然急増し出した。

去年までは元気でまくし立てていた奴が、しばらく声をきかなくなったと思っていたら、いきなり急の訃報が届く。そんな現実が度重なると、もはやこっちもおどろかなくなる。そうか、死んだか、もうあいつとは逢えないのか。淋しさに馴れて段々麻痺してくる。電話帳から彼の名を消す。そういう麻痺感が時々フッと恐くなるが、なにこっちの頭も体力も気づけば相当に呆けてきており、一寸やそっとでは感が動かなくなってきている。

今年、女房は90歳を迎え、僕もこの暮れにはその年を迎える。置いてかないでよ、と女房に突然言われ、ドキッと現実に引き戻されることがあるが、さてどうなるのか。なってみなければ判らない。幸か不幸か首から下はがっくり衰えたが、まだ頭だけははっきりしているから残す奴のことを考えねばと無駄なことをフッと考えていたりする。地球はこの先どうなるのだろうか。日本はどこへ向かうのだろうか。

バイデンさんの老けが気になる。トランプさんの元気が気になる。地球環境の行く末が気になる。

この先の日本の地図が気になる。

そんなことを考えてもどうにもならない。

地球がゆっくり宇宙の中で、自転しながら動いている以上、何が起こるかは一切判らない。いつまで地球は動いていられるのか。その球体の上で人類という怪物は次にどのような椿事《ちんじ》をおこすのか。それは良い方への椿事であるのか。それとも破滅への椿事であるのか。

何年か前に富良野に墓地を買い、死後の設計をゆっくり始めている。眠れない夜にその詳細を図面におこしながら、ふと苦笑している自分に気づく。こんなことを真面目に考えながら、一体その墓に何人の知り合いが果たして詣ってくれるのだろう。僕という人間が存在したということを覚えてくれている人がまだいるのだろうか。こんな生前の記憶を残したって、それを世話するものの重荷になるだけの話じゃあるまいか。

そういえば今年、佐渡の古刹《こさつ》に残されていた何百年かに及ぶ母方の古い墓地の墓じまいをした。中に眠っている何世代かの御先祖の、一人として僕はその顔を知らない。結構金がかかったが、何となく気持ちがすっきりとした。あんな想いを誰かがまたするのか。

近づいてくる死の足音がきこえる。

（2024年4月10日号）

依存症

リニア新幹線の工事が当初の予定通り進まずに、遂に一時断念に追い込まれたらしい。静岡工区の進行が思い通り行かず、計画を延期へと追い込まれたのである。

担当者には申し訳ないが、心から良かったと僕は思っている。

列島改造論の余波かもしれないが、この美しくも小さな島国の大地を、これ以上ズタズタに切り刻むことの無謀をかねがね苦々しく思っていた。

速く、便利に、という国の方針が、一体どれほどの重要性を持つものか知らないが、東京―大阪間を8時間かけてのんびり移動していた昭和の民にとっては、それが2時間半で行けるようになったという、ここ半世紀の進歩というものは既に目を見張る大躍進であり、それをこれ以上に大地をけずり、水脈を破壊して日本列島という、このかけがえのない自然をめちゃくちゃにして行くという激しい暴挙は、即に人智の枠を超え、神の領域を犯してしまっているのではあるまいか。

それが如何ほどの経済効果を生もうが、日本列島にこれ以上の整形手術を施すのは、日本といういわば自然遺産に、とり返しのつかない損害と破壊をもたらす暴挙というものに他ならない。少なくとも僕にはそうとしか思えない。

ギャンブル依存症、セックス依存症、現代にははっきり病気と認定される様々な依存症が存在するが、より速く、より便利にと際限ない上昇を求める現代人は、一種の〝上昇〟依存症に罹患《りかん》している。

もしそれが多少の経済的メリットを生もうとも、今、これだけ足元の環境問題が叫ばれている時に、これだけ大規模な自然破壊が行われることに国の学識者たちが何も声をあげないのは、どういうことかと常々苦々しく思ってきた。スピード、そして経済効果。もう充分と思わないのか。

智を用うれば何でもできる。御立派です。偉いです。頭が下がります。ほめろというなら、いくらでもほめます。しかし大地の上に住むものにとっては、してはいけない限界というものがある。その限界をいま我々《われわれ》は、いともやすやすと超えようとしてはいまいか。

たとえば大地が営々と溜めてきたこの国の水脈。たとえば地中に眠っている重金属を含む危険物の放出。それを海洋に流し、海に汚染をもたらすという犯罪行為は、ひとり漁業者の問題だけではない。魚に無数のマイクロプラスチックを喰わせ、それが最後は最終捕食者である我々人類の問題にも返ってくることを、識者はどうしてもっと真剣に、明日のこととして考えないのだろうか。それより東京―名古屋間が1時間短縮されることの方が、彼らにとっての快事なのだろうか。

ヒトは明らかに依存症にかかっている。

スピード依存症、進歩依存症、上昇依存症、経済依存症、エトセトラの依存症。水原一平氏のギャンブル依存症より、これははるかに恐ろしい事態である。

（2024年4月24日号）

台湾と能登

台湾花蓮《かれん》県の大地震は様々な教訓を僕らにくれた。

何より感じたのは1月に起こった能登の災害に未だにチンタラ対処しているわが国の政治のお粗末さ。それを何時間かでパッと動き、目に見える形で復興へ動いた台湾行政の見事な采配。この差は一体なんなのだろうと、あれからずっと考えている。

能登の災害からのこの3カ月。日本の政治の話題といえば、殆どが自民党の裏金問題とその事後処理のドタバタ劇だった。その間、政府の頭の中には、この災害のことがどれほど占められていたのだろうか。己の党の存否《そんぴ》のことの方が、いうならば自分の保身のことの方が、ずっと心を占めていたのではないか。それでは政治の中枢とはいえない。

そんな政権を僕らは求めない。

もう一つ心に疑問を持ったのは、大中国のことである。台湾は中国の一部であると事あるごとに中国は叫ぶが、だったら中国は今度の災害に対し、どういう対処をしたのだろう。もしかしたら僕らの知らない所で様々な援助をしていたのかもしれないが（多分、したのだろう）、もしこの災害が中国の別の土地で起こったのだとしたら、ここまで見事に事後の処理を鮮やかに行うことができたのか。

台湾有事というイヤな言葉を思い出すとき、台湾という小さな島国が、今回のこの見事な処理と、大中国に吸収されたときの処理のされ方を、どうしてもどこかで比較したくなる。台湾国民は果たしてどっちを望むのだろうか。

事故から2日を経たぬうちに、ずらりと避難所に設営されたテント。そのすばやさの背景にはTKB48（Tはトイレ、Kはキッチン、Bはベッド、48は48時間以内に、という時間）という普段からの災害対応の計画が準備されていた、という突発事故への周到な準備。これらが何年か前の災害の経験から編み出されていた行政と民間の連繫によるものだという話を聞くとき、わが国での緊急対応のお粗末さとどうしても比較してしまう。

阪神・淡路大震災、更には東日本大震災、それに付随するあのフクシマの原発事故まで経験したこの日本が、能登という僻地《へきち》の大災害にその教訓をどれほど生かしたのか。台湾花蓮県の今回の災害に台湾政府と民間が立ち向かった見事な準備と連繋に比するとき、思わず恥ずかしさに顔が赤くなる。ましてや能登災害からのこの何カ月、政府は裏金問題の収拾に夢中になり、マスコミもまたそのことを中心に報道を展開する。その間、地震で家を失い、住む場所をなくして困窮の極にいる被災地の民はどうなっているのか。

政治家は一体何をやっているのか。

マスコミはどの問題を第一に考えねばならないのか。そんな事々を考えていると、この国のお粗末さに情けなくなってしまうのである。

災害の重みを第一に考えよう。花見に興じている時ではないのである。

（2024年5月15日号）

ブレーキ

夫に先立たれた身寄りのない老女が、ある日SNSで見た著名人の偽広告にだまされ、なけなしの財産を奪われてしまう。広告に使われた著名人は、身におぼえのない犯罪の片棒を、全く知らぬ間にかつがされ、どうしていいか判らない。こんな犯罪が横行しているという。

全くイヤな世の中である。

僕らのようなIT社会から落ちこぼれた老人は、ふとしたことから、いつこんな事件にまきこまれぬとも限らない。巻きこまれ、そうして全人生を使って貯えた財産をアッという間に巻きあげられ、茫然蒼白《ぼうぜんそうはく》に立ちすくむというような悲劇が、これから手をかえ品をかえて益々増えていくにちがいない。

闇夜で後ろからいきなり棍棒《こんぼう》で殴られ、金を奪われるようなものである。

この場合、被害者であるＩＴ弱者は一体誰を恨み、誰に損害の保証を求めれば良いのか。広告に使われた著名人は、彼らも被害者だから責めるわけにいくまい。ならば、それを載せたプラットフォームをか。だがプラットフォームも利用悪用されたわけだから、ただちに賠償するわけがない。笑っているのは悪党のみである。社会の法の目をかいくぐって懐をあたためている悪人のみである。

倫理観という人間の規則が、既にこの世から失われつつある以上、それを取り締まり、罰することは既に至難の業となっている。小さいことでは交通違反から大きくは兵器の拡充競争まで、既に人間は倫理観を捨てた、智恵だけ発達したケダモノになっている。となると、これを止めるためには、ヒトの進歩を止める以外、ない。もっと便利に、もっと豊かにという、際限のない文化文明の拡充競争にそろそろブレーキをかけねばならない時が来ているのではないか。

こういうことを発言したら、世間の猛反撥をくらうのは目に見えているが、ここ十数年に登場した文明の利器。たとえばパソコン、スマホ、ＳＮＳ。武器でいうならミサイル、ドローン、地雷、そして原爆、エトセトラ。たしかにそれらは解決を速くし、飛躍的に世の中を豊かにしたのだろうが、一方で数多の職を奪い、失業者を増やし、格差を増やし、勝ち組と負け組をはっきり分割し、豊かな社会を作りはしたが、倖せな社会を作ったかといわれれば大きな疑問符がつくところである。

そして。ここを最も考えて欲しいのだが、こうした人類の進歩発展は何かに犠牲を強いてはいまいか。然り。我々の拠って立つ地球というこの星、大地という自然の環境に対して、である。

天を見れば判る。気温を見れば判る。地球はもはや破局に向かって歩み出している。だが人類はそれに目を閉じ、今日の快適、明日の進歩に沸き立ち、連日のお祭り騒ぎである。

ブレーキをかけるべき時である。もうこれ以上の便利、発展は休止すべきである。

（２０２４年５月29日号）

狂暴化

人間を最も殺している生き物は何か、というWHO（世界保健機関）の報告がある。それによれば、1位は蚊、3位はヘビ、そしてその間に挟まる第2位は——。御想像の通り、「人間」である、というからおどろく。

同じ種の中で殺し合う動物は人間だけだという報告もある。だがこれはあくまで頭の中で考えた理論であり、実際には同じ種でも殺し合う生物は他にもいる。

一番多いのはミーアキャットで19・36％。死亡5匹のうち1匹は同種に襲われたことが死因になっているそうな。肉食動物ではアシカが結構高く15・31％。ライオン13・27％、オオカミ12・81％、ピューマ11・73％、ヒグマ9・72％。意外なことに平和そうに見える生き物でも殺し合うことが多いようで、リス、ウマ、シカ、ガゼルなども50位以内に含まれているという。

霊長類は哺乳類の中では結構暴力的部類に入るらしく、霊長類の共通の祖先では2・3%、類人猿の祖先では1・8%。そのうちチンパンジーは4・49%だが、ボノボは0・68%と、近縁種でも生活スタイルによって差があるらしい。

最も平和的生物は、コウモリ、クジラ、ウサギなどの動物で、これらには暴力的行為は殆ど見られないということで、今度生まれかわったときには是非この種に何とかまぎれこみたいと願うものである。

動物同士の争いの原因には、メスをめぐるオス同士の争い、同様の理由による子殺しのケースが多いというが、そこでさて人間の場合どうなっているのか。ホモ・サピエンスが登場した当時は2%ぐらいだったろうという予測があるそうで、旧石器時代は3・4〜3・9%。戦争が激しかった中世は約12%、その後は下がり続けているというが、昨今の大量破壊兵器の誕生でどのような結果になっているのか。

ウクライナやイスラエルの現状を見ると、歴史の中でもこのところ、ホモ・サピエンスは異常に狂暴になっているかに見える。特にプーチンさんのロシアを見ると、領土的課題が常にバックにある気がする。歴史的にみても19世紀の昔からロシアという国は常に領土的野心を根底に様々なトラブルを起こしてきた。領土的野心はなぜ起こるのかと、つきつめて考えると、水・食料の問題に行きつく。果たしてこのままでウチは人民を食わせていけるのか。領土を拡げなければムリなんじゃあるまいか。その民族的心配性が昂じて他国への侵略を始めるのではないか。

大丈夫ですよ、いざとなったらウチの食料をそっちに廻してさしあげますから、とやさしく言っても、そんなこと信じない。他国の言うことなんて信じられない。心配性は極限に達しており、そもそも善意なんてあるわけがない。それよりいざという時に備えて新しい武器を開発した方が良い。

ヒトはどんどん狂暴化していき、ガザ地区のような悲劇が起こる。

（2024年6月12日号）

インフレ

もはや数十年近く前のことになる。ユーゴスラビアに紛争が起こる直前で、どういうわけか国状不安定なその国から招待され、深い事情などさっぱり判らず、故・秋山ちえ子さんと僕ら夫妻、訳も判らず珍道中をしたことがある。今にして思えば、かなりヤバ線のご招待だったのだが、何故か観光大臣の肝入りで、もう亡くなっていたチトーさんの別荘を通訳つきで泊り歩くという信じられない豪勢な旅で、北から南まで1週間程廻った。

この時期、思えばユーゴは分裂寸前の相当危険な状態であり、凄まじいインフレの真っ最中で、空港でまず換金したら腰を抜かすような札束を渡されて、もうそれだけでド肝を抜かれた。インフレというものの実態を生まれて初めて体験したわけだが、現在外国の観光客がドッと日本に押し寄せてきて、安イ安イと爆買いする様を見ると、成程今の円安の日本は、当時の彼の国の状態だったのだなァと、ヘンな感慨に耽《ふけ》ってしまう。

何しろ一寸地方へと廻って夕刻同じ高速道路で元の場所へと戻ってくると、高速料金がもうハネ上がっている。これにはたまげた。

その晩、食事をした観光大臣にその話をしたら、おどろきもせずこう宣《のたま》った。

そうなんです。だからレストランに入ってメニューを決めたら、決めた時点ですぐ金を払いなさい。喰い終わってからだと又値段が上がってます。

——!!

インフレというものの恐ろしさを、ゾッとする程知らされた。

そういえば、その後何年かして、ニューヨークに何日か滞在した時、名門ホテルのスウィートルームをいとも楽々と取ってくれたのだが、聞けばそのホテルはいつのまにか日本資本に買いとられていたらしい。ロックフェラーセンターを日本が買いとり、悪評ふんぷんだった頃である。

貨幣価値というものは、まことに恐ろしい。

経済音痴の僕のような人間は、そんなこと全く興味がないから、そういうものかと信じるしかないが、世界をとび廻っている企業戦士には笑いごとではないだろう。

そういえばザグレブ界隈の観光地で、いきなり日本人に声をかけられた。どうです？ここらでカネになるネタ、なンか見つかりましたかいな。

秋山さんが急にキッとしてその男をにらみ、あんた丸紅の人!? それとも伊藤忠？秋山さんの鋭い目に男はしらけてニヤリと消えた。イヤァねぇ、ああいう日本人がいるから、日本の評判が悪くなるのよ！　秋山さんは男の背中をいつまでも恐い目で睨《にら》みつけていた。

その日、初めて高速道路の料金所付近で殺気だった兵士たちが集合するのを見た。男たちの目は血走っていた。第二次世界大戦の終戦から何十年。久しぶりに僕は兵士たちが発散する汗と皮革の匂いを嗅いだ。ヨーロッパにはまだ戦争の匂いがあった。

そして今も、また。


（2024年6月26日号）

あとがきに代えて

齢90歳を目前にして色々な変化が周囲に起こっている。

まず周辺で喧《かまびす》しかった世の騒音がどんどん消えて行く。最大の理由は近辺にいた人間がどんどんこの世から去って行くこと。第二の理由は自分の耳が遠くなったこと。第三の理由は人から段々相手にされなくなってきたこと。この三つが主たる原因であろう。

自分ではあまり気にしていないのに、ふと気づいたら、いつのまにか自分が老人の部類に組み込まれており、何となく周囲から労《いたわ》られる存在になってきており、よく考えると邪魔者になっており、耳をすますと「老害」という言葉が自分を指す言葉として使われていたりしてドキンと我に返り、身を縮ませることとなる。

考えてみると、78歳までは赫灼《かくしゃく》と肉体労働に従事していたし、頭も冴えていたし、若い奴らの先に立ってどんどんバリバリ動いていたのだが、床の段差にけつまずくようになり、人の名前を忘れるようになり、反射神経の衰《おとろ》えを自覚して、84歳で運転免許を返納してからというもの、僕ははっきり、高齢者の領域に入ったのである。

時間にしばられることを止めることにした。これが実は中々にむずかしい。

朝寝して　夜寝するまで　昼寝して

時々起きて　居眠りをする

それを一番の目標にしているのだが、ワーカホリックの永年の生活習慣は、罪悪感で僕を眠らせない。

ならば仕方ない。

富良野の森の風の運んでくる噂話や悪口を開き直ってもう少し書いてやろう。

２０２４年　夏

北の国から

倉本　聰

倉本　聰（くらもと・そう）

1935年、東京都出身。脚本家・劇作家・演出家。東京大学文学部美学科卒業後、1959年ニッポン放送入社。1963年に退社後、脚本家として独立。1977年、北海道・富良野に移住。1984年から役者やシナリオライターを養成する私塾「富良野塾」を主宰（2010年閉塾）。2006年からNPO法人「富良野自然塾」を主宰。代表作に『北の国から』『前略おふくろ様』『昨日、悲別で』『ライスカレー』『優しい時間』『風のガーデン』など多数。

1976年毎日芸術賞、芸術選奨文部大臣賞受賞。1982年キネマ旬報・毎日映画コンクール・日本アカデミー賞最優秀脚本賞受賞。1987年小学館文学賞、ギャラクシー賞大賞受賞。1996年モンブラン・デ・ラ・キュルチュール賞受賞。1998年オメガ・アワードの各国際賞受賞。2000年紫綬褒章受章。2002年向田邦子賞受賞、菊池寛賞受賞。2003年富良野市名誉市民。2005年北海道功労賞受賞。2010年春の叙勲 旭日小綬章受章。他。

新・富良野風話

本書は『財界』に連載したものに一部加筆しました。

2024年7月31日　第1版第1刷発行

著　者　倉本　聰

発 行 者　村田博文
発 行 者　株式会社財界研究所
［住所］〒107-0052　東京都港区赤坂3-2-12 赤坂ノアビル7階
［電話］03-5561-6616
［FAX］03-5561-6619
［URL］https://www.zaikai.jp/

印刷・製本　日経印刷株式会社

ISBN 978-4-87932-165-7
定価はカバーに印刷してあります。